2
「VTuberの
エンディング、
買い取ります」。

「こんとら～！　みんなのお姉ちゃん、
Vらんぶる四神の虎担当、白虎燐香です」

白虎燐香
BYAKKO RINKA
ファンネーム　白虎隊
身長　161cm
誕生日　11月11日

BYAKKO
所属　Vらんぶる
RINKA

「やべぇよな。働くのバカらしくなるわ。
俺はいま何やってんだってな？」

喰代ダフ
HOJIRO DAFU

ファンネーム　ダフナー
身長　179cm
誕生日　6月9日

HOJIRO
所属　Vらんぶる六期生
DAFU

「みなさんの進路を明るく照らすっ……
新人VTuberの水闇ガーネットです……！」

水闇ガーネット

MIZUYAMI GARNET

ファンネーム
なし（まだ本格活動前のため）
身長　155cm
誕生日　2月27日

MIZUYAMI
所属　個人勢
GARNET

CONTENTS

VTuberのエンディング、買い取ります。2

朝依しると

ファンタジア文庫

3308

口絵・本文イラスト　Ｔｉｖ

2

「VTuberのエンディング、買い取ります」。

Purchase the Ending of VTuber 2

Shiruto Asai
Tiv

Prologue - 希望の光をつりさげて -

その日、苅部業《かるべごう》が願っていたことは平穏無事に一日が過ぎ去ることだった。

なにせ、一年ぶりの登校だ。

一歩一歩と校舎に近づくたび、足が重くなるように感じられた。

腐れ縁の少女に「復学おめでとう」と祝福され、見送られたまではいい。だが駅で別れたあと、一人で通学路を歩いてみるとどこか心許《こころもと》なかった。校舎の影が見えはじめた頃、業はふいに立ち止まり、渡された赤のランチバッグをやおら持ち上げた。

『このお弁当があれば、今日という門出もばっちりですっ』

小鴉海那《こがらすみな》は、そう言って弁当を手渡してくれた。

今年の夏のはじまりから二ヶ月の間、彼女とはほぼ毎日をともに過ごしている。

推しのVTuberを巡る、数奇な巡り合わせの中で。

VTuberとは仮想世界の配信者のことである。

バーチャルユーチューバーを略してそう呼ぶ。2Dあるいは3Dの肉体《ガワ》を被《かぶ》り、動画投稿や配信活動を行う彼ら彼女らは、いまでこそ生身のYouTuberと同様、インフルエンサーとしてあらゆるメディアで引っ張りだこになるほど、メジャーな存在になっていた。

〝推し活〟が定着した昨今、当然、VTuberも推しの対象だ。

そんな機縁の中で、苅部業も海那と知り合った。

一方、VTuberはそのクリエイトされた二次元の姿が誹謗中傷《ひぼうちゅうしょう》の的になりやすい。

VTuber自身もまた、内面に宿した魂――すなわち中の人が、その人間性を悪い方向で露呈させたとき、ガワが持つイメージとのギャップで炎上することがある。

業もかつて、推しのVTuberが炎上した経験があった。

――夢叶乃亜《むかなえのあ》。アイドルとして活動していた彼女は、彼氏バレやパパ活疑惑、オタクへの偏見といった醜態が晒《さら》され、大炎上した。

誹謗中傷の火の海の中、引退した彼女のことを業は折に触れて思い出す。

たとえばそう、ガラスに反射した自分自身を見たときだ――。

「……着いた」

業は学校の昇降口まで辿《たど》り着いた。

そのガラス張りの戸口に反射した自分が目に留まる。

灰をかぶったような真っ白な髪。昇降口のガラスに反射する自分を最後に見たとき、業はまだ、普通の黒髪だったはずだ。

だが、推しが炎上してからというもの、その髪も燃え尽きたように真っ白になった。

これが乃亜にすべてを捧《ささ》げ、その最期《さいご》を見届けた者の末路。

業は己の姿を鏡で見るたび、複雑な心境に陥った。もう二度とあの頃の自分には戻れないと突きつけられるようで、寂寞《せきばく》とした感情が湧き上がるのだ。

海那もそんな業が心配で、手作りの弁当までつくってくれていた。

これが業の煩悶《はんもん》を解消するアイテムになるかどうかは怪しいところだ。とはいえ、感謝はしている。

突きつけられた自分自身から目を背け、校舎の中へ入る。

「あっ、こっち来るよ！　行こっ」

そのとき、靴箱の向こうにいた女子生徒が業の動きに反応した。

逆光で気づかなかったが、業がガラスに映る自分を見ていたときから、その奥で女子生徒二人がこちらを観察していたようだ。

「ほらっ。ねえ、花《はな》？」

「……うん。行こ」

二人は呼びかけ合うと、業が靴を履き替える前に立ち去った。

なんだか嫌な感じだ。けれど、この奇抜な髪色なら仕方がない気もする。業はふいに前髪をいじり、靴箱の蓋を閉めた。

○

担任の女教師に案内され、業は復学する都立杉葦《すぎあし》高校二年A組の教室へ入った。

業が入ると、とたんに教室は騒然とした。予想通りだ。視線が頭に集中している。騒がしさをかき消すように担任が言う。

「はーい。では、まず自己紹介してくださいね」

「……苅部業です。今日からよろしくお願いします」端的に済ます業。

担任はおどけた表情で業に目配せした。どうやら続きを促しているようだ。特技や趣味は？　得意科目は？　といった具合に。

業は言うべきことが見つからなかった。

休学のきっかけ？　この一年、なにをしていたか？

その答えはすべて一緒だ。――VTuberの推し活。

復学初日からクラスメイトにVTuberが何たるか、髪が白くなった理由、それらを全部語ったところで奇異の目を向けられるだけだろう。

業は黙るほかなかった。

「えっと～……」担任は苦笑いを浮かべる。「誰か、苅部くんに質問ある？」

クラスに漂いはじめた緊張感はどうにもならず、気まずさが増していた。業は気難しそうに眉根を寄せ、一度、クラスの面々をぐるりと見渡した。

やはり頭部に視線が集中している。機転を利《き》かせ、みんなが気にしているであろうことを答えることにした。

「……髪は、地毛だ」

すでに気圧《けお》されていた生徒たちは、笑うべきか、目を背けるべきか、判断に迷った生徒から目を泳がせていた。

「えー……っと。あはは……。じゃあ、苅部くんの席はあそこだから」

女教師は腕をぴんと伸ばし、早々に収拾をつけようとした。

業は指し示された席に向かう。

急遽《きゅうきょ》運び込まれたであろう一番後ろの席。向かって左隣には机すらなく、右隣にはきりっとした雰囲気の長い黒髪少女が座っている。

艶やかな濡羽色《ぬればいろ》の髪に朝の陽光が降り注いでいた。

業が近づくにつれ、少女は肩を強張《こわば》らせて萎縮していく。

よく見ると、朝、昇降口で業のことを観察していた生徒の一人だ。

女子生徒はばつが悪そうに、間隔を空けようと机を横にすべらせた。だが、慌てたせいで机の上の筆箱を落とし、中身をぶちまける。

からからと転がる筆記用具の数々。

「あっ……。むぅ……」少女が呻《うな》る。

少女は身を屈《かが》め、ささっとペンを拾い集めた。助けは借りない。そんな矜持《きょうじ》を全身からにじませていた。

「大丈夫か？」

業も手伝うことにする。

他者を寄せつけまいとするその態度に親近感を覚えたのだ。

固唾を呑《の》んで見守るクラスメイト。異様な緊張感の中、二人の接触にはらはらとしている様子だった。

どうやら、この女子生徒も一目置かれている存在らしい。

「ありがとう。礼を言うわ」と黒髪少女。

「気にするな」

業は結果的にシャープペンしか拾わなかったが、それを渡すと、受け取った少女はぎょっとしていた。

切れ長の目が業の左手首をじっと見ている。

業が肌身離さず身につけている、赤い腕時計がそこにはあった。

「どうかしたか？」

「な、なんでもないっ」

「……？」

業が着席してもなお、黒髪少女はちらちらと視線を向けてきた。

観察されることには慣れている業だ。気にもとめず、鞄《かばん》の中のものを淡々と引き出しに入れ込みはじめた。

「影山《かげやま》」と少女がつぶやく。

「なんだ？」

「私、影山花」

「そうか。苅部業だ」

「名前はもう聞いたわ。よろしく」

淡々と交わされる自己紹介。業が席に着くと担任は安堵《あんど》の息をつき、「そ、それではホームルームの時間に移ろうと思いま～すっ」そう宣言した。

朝のルーチンが始まり、ありふれた日常に苅部業も取り込まれた。

〇

「起立、礼！」——ありがとうございました。

業もクラスメイトに合わせて一礼する。

業は高校生活の感覚を初日で取り戻していた。次の授業は化学。移動教室のため、教科書やノートをまとめ、席を立つ。

すると——。

「苅部くん」隣の席から声がかかった。影山花だ。

「なんだ？」

「理科室の場所はわかる？」

「ああ」

「うちの高校って、理科室が六つもあるのよ」

「知ってるが。おれは転校生じゃない」

「でも久々だし、道に迷うといけないでしょ？」花がたおやかに微笑《ほほえ》んだ。

「実験棟に集まってるんだ。迷うわけないだろ」

そう言い放ち、業は教室を出た。

「苅部《かるべ》くん待って！」

しかし、花は理科室へ向かう業《ごう》を追う。

「まだ何かあるのか？」

「今年から移動教室は二人一組で行くっていうルールができたのよ」

花は得意げにそう告げた。

もちろんそんなルール、聞いたこともない。

「そんな小学生みたいなルールが？」

「監視目的でね。サボりが多いのよ」

「進学校だった気がするが」

「進学校ってストレスすごいから」

「気の毒にな」そうつぶやきながらも、業はさして興味がなかった。

「だから、教室移動のときは私と一緒に行きましょ？」

「……」業は訝《いぶか》しんだ目を向ける。

「私とじゃ嫌？」

「そうじゃない」業は短く溜《た》め息をつく。「誰が決めたか知らないが、二人一組とはおそろしいルールをつくってくれたもんだ」

「本当にね。でも、私と行くって決まってれば安心でしょ？」

「さぁ、そいつはどうかな」

業は誘いを往《い》なし、花より二歩か三歩は前を歩いた。

花はなにをか言わんやという表情で業の三歩後ろをついていった。


業はこの一年、Ａ５かＢ６サイズのノートしか使っていない。

どれもメモの用途だ。それゆえノートと言われて購入するものは決まってそのサイズ。化学の授業もＢ６で挑む気だった。

だが、実験ノートはＡ３かＢ４サイズが推奨されていた。

ノートの提出という課題もあるらしい。

「……」業は自らの小さなノートを無表情のまま見下ろしていた。

一ページを詰めて使えば、実験の目的や方法、結果と考察までを見開きのページに収めることもできる。業は文章をまとめることには自負がある。

だが、さすがに実験器具の名称まで書けとなると……。

溶液を吸い上げる器具だけでも、メスピペットから駒込ピペット、ホールピペットまで様々ある。業はネットでありがちな略称で『メスピ』『駒ピ』『ホルピ』など考えてみたが、そんなふうに書けば、このノートが彼氏について愚痴るギャルの日記帳のようになることは容易に想像できた。駒ピの口の先端を、濃硫酸につける。――駒ピは何をしてそんな罰を受けなくちゃいけなかったんだろう。

業は妄想を繰り広げていた。

「苅部くん」

「……」突然声をかけられ、業は隣を見上げる。

そこにいたのは、またしても花《はな》だ。業は唖然《あぜん》とした。わざわざ別のテーブルからやってきた花が、ノートを差し出してきたのだ。

「なんだそれは」

「ノート、あげる」

いよいよ業も気づいた。――この女、しつこくないか。

「あんたのだろ」

「二冊あるの。もうすぐ終わりそうだったし、予備のノートを買っておいたのよね」

花は淡々と告げ、業の机に押しつけるように新品のそれを置いていった。

業はもちろん、周りの生徒も唖然として目をぱちぱちさせた。

いったい、何が目的なのだろう。

影山花は学年一の美少女、と形容されるに相応《ふさわ》しい容姿だった。つり目で、艶やかな濡羽色の髪。凛《りん》とした雰囲気をただよわせ、しなやかで細身のボディラインも魅惑的だ。

だからこそ、業は警戒した。

綺麗《きれい》な薔薇《ばら》にはとげがある、と言うが、そもそもあれだけの美貌を備えた少女はきっと学校中の人気者だ。

クラスメイトの視線や態度を見ても、それは一目瞭然だった。

そういった古参ファンを差し置き、新参者が不用意に近づいても良いことはない。推し活だろうと学校生活だろうと、人間関係には嫉妬が付きものなのだ。

平穏無事に初日を乗り切りたい業にとって、花の接近はおそろしかった。

そして、ようやく訪れた昼休み――。

復学生の業はまだ居場所らしい居場所がないため、1・5メートル四方かそこらの自分の席に座ったまま、ぼっち飯《めし》をかまそうと、海那《みな》から渡された弁当箱のふたを開けた。

――『きぼうの光』。

その黄色い文字が目に飛び込む。

業は慌ててふたを閉じ、おそるおそる、また開けた。

「こ、これは……」

錦糸卵で象《かたど》られた『きぼうの光』の文字。

その周りにシャケフレークが敷き詰められ、黄色とピンクのコントラストが華やかな彩《いろど》りをあたえている。

端には、ダイヤモンドカットの茹《ゆ》でたにんじん。これは宝石のガーネットか。

そのすぐそばに添えられた皮付きのりんごは、小舟のような形にカットされていた。おそらく〝方舟《はこぶね》〟をイメージしているのだろう。

ぱっと見、まぎれもなく愛妻弁当だ。

業はふたで弁当の表面を隠し、教室を見回した。

あらぬ誤解を受ける前に、よそで食べたほうがよさそうだ。廊下を歩き、階段をくだって一階の渡り廊下へ。

その間、背後に尾行する何者かの気配を感じていた。

業は足早に角を曲がり、すぐそばで待機する。背後の足音が同じように速まり、角から顔を覗《のぞ》かせたところを、ぱっと飛び出して対峙《たいじ》した。

「――きゃっ」

不意打ちをくらった追跡者が短く悲鳴をあげる。その反動で長い黒髪がふわりと舞い、すとんと流れるように肩を撫《な》で落ちた。

案の定、影山花だった。

「やっぱりあんたか」

「やっぱりって、気づいてたの？」

業は肩をすくめる。

ばればれだとでも言うように。

「なぜおれをつけ回す？　用があるなら言えばいいだろ」

花は目をきっと細め、決心したように業の胡乱《うろん》げな目を見返した。

「苅部くん。あなたに燃やしてほしいVTuberがいるの」

「…………」

業はじっと、その凛とした姿を見定めていた。

いま、この女はなんて言った？

一見して、影山花とVTuberとはまったく縁がなさそうだ。

それが、どうしてまた——。

その大人びた切れ長の目には復讐《ふくしゅう》の炎のような影が揺らめいている。

しかも、花ははっきりと「燃やしてほしい」とも言った。お互いにこれまで会ったこともない。業の正体について花が知る由《よし》もないだろう。

業はひとまず、しらを切る。

「ぶいちゅーばー？　あぁ、ネットで聞いたことあるな」

「とぼけないで」花はぴしゃりと言う。「なにもかもお見通しだから。あなたが荒羅斗《あらと》カザンだってこともね」

「アラト……ずいぶんと変わった名前だ」

「ノアの方舟が流れ着いた山でしょ。この期に及んで、まだとぼけるの？」

業の頭を既視感が襲う。

——荒羅斗カザン。VTuber専門の炎上屋として知られた名だ。いまでは海那の導きで、ただの炎上屋とは違うことをはじめたところだ。

それが、VTuberのエンディングを買い取るということ。

活動休止や引退——中でも、不本意ながら消え去ろうとするVTuberの最期《さいご》を本人やファンにとって最良の形で迎えさせようというものだ。

業は突然土俵に上がってきた女を前に、こいつはどちら側の人間だろうなと品定めをはじめていた。

VTuberか。リスナーか。はたまた愉快犯か。

はたして影山《かげやま》花はどの立場から何を望んでいるのか。

ふいに、右手に提げた赤いランチバッグから重みを感じた。

海那が託したこの『きぼうの光』は、福音の使者として、報われない何者かを呼び寄せる明光になったかもしれない。

「あんた、おれを知ってるんだな――」

それとも迷える子羊にとって、道先を照らす赤い灯明になったか。

LIVE!

Case.4

影をゆく高嶺の花

白虎燐香

身長　161cm
誕生日　11月11日
趣味　インテリア・散歩
好きなもの　ドールハウス
特技　歌・声劇

BYAKKO
RINKA

Vrumble

#rinkalive #byakko　@rinka

Case.4 - 影をゆく高嶺の花 -

1

影山花は、我が道を往《ゆ》く。

そもそも人から勧められたものを素直に楽しむ性格ではなかった。

それは趣味や嗜好《しこう》のみならず、学校生活の過ごし方もそうだ。

勉強にしても、ノートの写しやテストのヤマ張りといった、クラスメイトとの共闘には参加しない。

我流で挑み、しっかり学年トップの成績を勝ち取る。

部活も、たとえば人気だからという理由でテニス部や吹奏楽部を選ばない。

やりたいからと演劇部に入部し、部活外でも自主練習に励む。二年生ながら、もう次の文化祭では三年生を差し置いて主演をつとめる予定だ。

それゆえ、高校では一目を置かれていた。

見てくれの美麗さもあいまって隠れファンも多い。立てば芍薬《しゃくやく》座れば牡丹《ぼたん》、歩く姿はなんとやら。そんな彼女のことをいつしか学校中はこうささやくようになった。

——あれは正真正銘、高嶺《たかね》の花だ、と。

そんな花がVTuberを知るきっかけとなったのは、唯一の家族である姉、影山蛍《ほたる》だった。

両親を亡《な》くしたあと、花が順調に学校生活を過ごしてこられたのも、VTuberというコンテンツのおかげである。

なぜなら、その背景には蛍がVTuberとして一旗揚げた功績があるからだった。

つまるところ、花にとってVTuberとは目にする機会がなくても、生活を支える基盤——ライフラインのようなものになっていたのだ。その姉が勧めるなら、見ないわけにいかなかった。

「今夜はぜったい面白いから！　必ず見てほしいなっ」

夕暮れ時、姉の影山蛍は玄関で靴を履き替え、浮き足立った様子でいた。

蛍はいつも日暮れから出かけ、帰ってくるのは深夜が多い。

あるいは、帰らない日さえある。

VTuberのゴールデンタイムは深夜らしい。

その姉が見てほしいというのは、とある配信のことだ。

「うーん……」ためらいがちに花《はな》は答える。「お姉ちゃんには悪いけど、あまり良さがわからないのよね。VTuberって」

「まぁまぁ、そう言わずさ。声劇のお手本を見るものだと思って」

「お姉ちゃんが配信するわけじゃないのよね……?」

一瞬、蛍の表情が陰る。

「もちろんっ。私はもうサポート側だから!」

「そう。ま、どうせいまは部活も勉強も落ち着いてるし、観にいけるけど」

「よかったぁ! ありがと、花」

「でも、たったの〝1〟よ?」

「ううん。その一人が大事なの。どんなにたくさんリスナーさんがいてもねっ」

愛くるしくウインクを投げかけ、満面の笑みを浮かべる蛍。

歳《とし》は花より五歳も上で、もうすっかり大人だというのに、花にもない幼さがある。

そんな姉だが、ここ二年ほどは浮き沈みが激しくなる時期もあった。ときには一ヶ月、部屋から一歩も出られなくなったことも。

それほどVTuberというものは精神的に負荷がかかるらしい。

だからこそ、いまの蛍の姿には花もほっとさせられる。反面、いつまた転調するかが不安でたまらなかった。

夕食を食べ終わり、食器を洗い終わる頃には、見てほしいと言われていたVTuberの配信が始まる時刻が迫っていた。

「やばっ、もうこんな時間か……」

二階の自室でパソコンを立ち上げるのもわずらわしい。

花はリビングのスマートテレビからYouTubeを起動し、すでにいろんなVTuberのチャンネルが登録されたなかから、蛍が勧めたチャンネルを開いた。

アイコンは、ホオジロザメをモチーフにした男性VTuberの顔。

――【喰代《ほおじろ》ダフch.／Vらんぶる】

姉と同じく大手グループ【Vらんぶる】所属の人気絶頂VTuberである。

すでにLiveマークのついたサムネイルがある。見てみると、まだ本人は映ってなく、背景とテロップ、リスナーコメントのウインドウだけが並べられていた。

どうやら配信準備中らしい。

けれど下から上へと流れるコメントはすさまじい速度だ。

これで同時接続者数は三万人に届くか届かないかといったほど。花はこれだけの視聴者の目を一夜に集めるVTuberという存在に、異様な空気を感じていた。

〇こんさめ～

〇待機喰《く》い

〇こんさめ

〇こんさめ

〇こんそめ

〇待機喰い

本人も現《あら》われていないうちからコメントが流れていた。

そんななか、突如として配信主である喰代ダフが画面に現われ、体をズームアップしたり、ズームアウトしたり、位置を調整して目をぱちぱちとさせていた。

ホオジロザメをモチーフにしたギザギザの歯。血のように赤い目。横暴な言動。総じて、生意気さを売りにした雰囲気の男性VTuberだ。

『うぃ～す。こんさめ。……っはは。位置微妙だなこりゃ。どっからうぃ～すって感じだこれ。あー腕も動かねえ！』

〇横から覗《のぞ》いてるw

〇うぃ～っす（陰キャ）

○ダフくんこっちおいで❤

何度か体を再読み込みした反応があったあと、ダフはいままで不自由だった首や腕をカクカクと動かしはじめ、やがて滑らかになった。

『おーっし。来た来たぁ。——あらためて、こんさめーい！　今晩の雑ダフ配信はじめっか。つってても今日は雑談だけで終わらねえがな。よくある重大発表もあるぜ～』

○ダフくん～！

○きちゃあああ！

○よくある重大発表

○ダフくんつよい

○重大発表ってマ？

喰代ダフは敬礼するように片手をあげる。

彼は高音域の甘いイケボが特徴で、キレのいいギャグセンスに定評がある。

ゲームも雑多なジャンルをこなし、ＦＰＳやレーシングの実力もある。その実力はTwitchで幅を利《き》かせるストリーマー界隈《かいわい》にも負けず劣らず。さらには気まぐれで投稿する歌ってみた動画でも、女性ファンを虜《とりこ》にしていた。

喰代ダフのファンネームは『ダフナー』という。

語感がダウナーに似ているため、女性ファンは好んで『ダフナー女子』もしくは『ダフナー女』を自称していた。

ファンのうち、声が大きいのは圧倒的にこのダフナー女子だ。

軽そうな男に思えるが、どうやらこのキャラが女性に人気なのだという。

女を殴っていそうな男性配信者と、煙草《たばこ》を吸っていそうなダウナー女子という組み合わせが自堕落的でインモラルな雰囲気を漂わせる。そして現実に疲れたリスナーがこの退廃的なにおいを嗅ぎ取り、さらにむらがるというわけだ。

そこまでの企業戦略を姉から聞かされていた。

すなわち、こういったキャラもすべて〝設定〟――。自社のVTuberを売り出し、人気を獲《と》るために考えられた戦略だという。喰代ダフを演じる何者かが、配信で見える人格通りの人間かどうかはわからないことだった。

蛍もまた、【Vらんぶる】からデビューしたVTuberだった。

グループが飛躍的に伸びる下支えをしたのが影山蛍だ。とある事件をきっかけに現在は活動休止中だが、いまでもその名声が風化することはない。

現在は、同じ箱からデビューする新人のサポート役を担《にな》っているとか。

喰代ダフもまだ新人。

けれども、その人気は段違いだった。

デビューして六ヶ月、すでにチャンネル登録者は七十万人を突破。

新人とは思えぬ配信慣れした態度から、前世も配信者だったのではないかと巷《ちまた》でささやかれている。

『――あぁ重大発表予想？　え、３Ｄ？　違う違う。つか３Ｄいるか？　お披露目配信しながら撮影会ってか？　きっつ……だらだら喋《しゃべ》るだけだぞ』
○え、見たい
○ダフくんの肉体観察とか俺得だが？
○視姦《しかん》
○ありありありありありありあり
『悪いけど違うんだな～。ま、そういうお楽しみは取っておくとしてだな』
○焦《じ》らすねぇ
○３Ｄじゃなかったらグッズとか
○￥１２２０　ハーフアニバーサリーグッズに一票
○￥２０，０００　３Ｄ投資
『おいおい、そうやって絞り込むじゃねえか！　だめだめ、俺はスパチャ投げられると弱いんだ。そもそも俺のほうが嫌だわ、３Ｄ。この俺に全身で物乞いやれってかっ』

○3Dスパチャ乞食《こじき》

○結局物乞いするんだw

○全身全霊の物乞い見せてw

『おまえら物乞い舐《な》めんなよ。ドバイの物乞い知ってるか？』

○はい？　ドバイ？

○唐突に草

『ドバイの物乞いは月収八百万だぞ』

○草。働く意味

○物乞いつよいな

○ダフくんとドバイで暮らしたい♥

『やべぇよな。働くのバカらしくなるわ。俺はいま何やってんだってな？　あぁ、VTuberやってんだった。ぶっちゃけVTuberも物乞いみたいなもんだろ』

○言うなwww

○全VTuberを敵に回した

○バーチャル賽銭箱《さいせん》。バーチャルキャバクラ。バーチャル物乞い（New!）

『うわぁ令和の時代すげぇ。……はは。燃えないうちに別の話題いくか』

○¥10，000　これが令和♥

○炎上にチキって逃げたw

こんな調子で喰代ダフの雑談は続いていた。

花はソファでのんびり紅茶を飲みながら配信を眺めていたが、いったいどう楽しめばいいのか、いまだわからないままだ。

蛍《ほたる》には申し訳ないが、「おもしろくなかった」と言うしかない。

配信中盤は流し見して、次の芝居の台本を読んだり、演技のイメージを軽く表現したりしながら過ごした。

そろそろダフの配信が終わるかという頃、花はまたソファに戻る。

最後の重大発表だけでも、しっかり見ておこう。

『んじゃ今日はここらでしめるわ。今夜も雑ダフあざっした！』

○あれ、重大発表は？

○重大発表まだ～？

『あぁやべえ忘れてた』

○重大なのに忘れんなよw

『しかたねぇだろ。Vはいつも重大発表してんだから。画像どこだ？　あぁあったわ』

ダフは画面に告知画像を出す。

そこには『1st Single Release!!』という文字と、カバージャケット用にデザインされた喰代ダフのイラストが表示されていた。
○えええええええええええええ
○歌ぁぁあああああ!!
○は？？？　まじ？？？？
『初のシングルだしま〜す』
○ダフがオリ曲とは予想外すぎたわ
○てっきりグッズかと
○これライブもあるパティーン？？？
喰代ダフは日頃から歌の活動が盛んなVTuberではない。

それゆえこの告知はファンもまったく読めなかったようで、歓喜の声が高速でコメント欄に流れていく。

なかにはコメント内で喋々喃々《ちょうちょうなんなん》に意見を投げ交わすリスナーさえいた。

花《はな》はというと、そんな騒ぎを冷めた目で見ていた。

曲のタイトルは【耽溺《たんでき》ディスタンス】――不健全さが売りの男のファーストシングルにはふさわしいタイトルだ。

重大発表を終えた喰代《ほおじろ》ダフは、『十月チェックしといてくれな。ツイートもしとくわ。んじゃ、おやさめ』と気怠《けだる》げな態度で配信を閉じた。

画面はシングルリリースの告知画像のままだ。

リスナーの歓声も静まらないうちに早々と切り上げたダフだが、どういうわけかその声だけは配信に載り続けた。

『……ふぃ～～』

喰代ダフの長い溜《た》め息の声。

そこからしばらくは、ガサゴソと何かを漁《あさ》る音が続く。

○おつさめ♥

○ダフくんまたね

○あれ?

○終わってないよー?

○あっこれ

画面の中央は相変わらず、『1st Single Release!!』の文字。

喰代ダフの姿は見えないが、確かにそこにいることが音でわかる。隣の半透明ウインドウでは相変わらずコメントが流れていた。

あきらかに異変が起きていた。

そのコメント速度はリスナーの焦《あせ》りそのものだ。

花もVTuber界隈に明るくなくとも、この状態がどういうことかを察していた。

いわゆる、配信の切り忘れというやつだ。

推しが配信の切り忘れに気づいていないのは冷や汗ものだろう。ここで失言、あるいは無様な生活音を載せようものなら、愉快犯の餌食《えじき》にされること必至だ。

これはまずい、とファンは皆々考えた。

早く気づけとばかりにコメントは加速する。

○ダフー気づけー!!
○ダフくんお願い無理やめて
○ツイッターからリプ飛ばせばいいよ
○待て。サプライズかもしれん
○ガチの重大発表はこっから?
○盛り上がってきましたｗｗｗ

だがコメント欄の勢いに反し、ダフはすっかりくつろいでいる。

二分ほどはなんでもない生活音を垂れ流していたが、喰代ダフが席を立ち、どこかへ歩き去る足音が聞こえてからは無音となった。

見守っていたダフナーも、ほっと息をつく。

けれど、それは嵐の前の静けさだ。直後、重大なことが起きた。ダフの重大発表はこの出来事にすべて上書きされたかもしれない。

――カチャン。からん。扉の開閉音。

続いて、なにかを小突く音。

○あ
○戻ってきた
○¥721　期待を込めて
○最低
○戻ってきたw
○ダフくん気づいて~
○サメASMR

誰しもダフが戻ってきたと思った。だが。

『はぁ～、おつかれさま～』
○お
○え
○だれ？
○うそやん
○女ｗｗｗｗｗｗｗｗ
○あああああああああああ
○彼女ｗｗｗ
○あああああああああああああああああああああああああ
○消せ消せ消せ消せ
○わあああああああああああああああああああ
耳に飛び込んできたのは、女の声。

喰代ダフの部屋に見知らぬ女が存在している。

その事実がダフナー女のうち、リアコと呼ばれるガチ恋ファンの理性を沸騰させ、コメントを狂乱の渦へ導いた。

――正体不明の女の登場。

ダフナー女子の中にはガチ恋も多い。
彼女たちを発狂させるには、十分にグロテスクな配信となってしまった。
花はその一幕を、また別の視点から刮目《かつもく》していた。
「いまの……」
一言だけだったが、聞き逃さなかった。
「お姉ちゃん……？」
花は口元に手を添え、不安げに配信を見守った。
今宵《こよい》の配信で花が最も集中していた時間だったかもしれない。
画面はあいかわらず、シングルリリースの告知が映っている。
ポップな字体で表示された【耽溺ディスタンス】──。
その晩、蛍が帰ってくることはなかった。

2

小鴉《こがらす》海那《みな》は完璧な制服の着こなしで、業《ごう》が暮らすアパートの前に来ていた。
朝七時ジャスト。気持ちをVTuberに切り替え、Discordから『カルゴ』のアカウントに通話をかける。

すぐに繋《つな》がった。

「おはようございま〜す！　今朝も気持ちのいい秋晴れで、絶好の登校日和ですよっ」

『おはよう、ミーナ』

「うん？」海那は違和感を覚えた。「はてはて、ミーナちゃんって誰ですか？　そんないかにもかわいさ全開の女の子のことは知りませんね。誰かと勘違いしてません？」

『そうだった……。ガーネットか』

「ピンポンピンポーン。正解です。別の子と間違えるなんて浮気《うわき》者ですね、カルゴさん。――わたしは水闇《みずやみ》ガーネット。推しの名前くらい間違えないでください」

『ぼーっとしてたんだ』

業の抑揚のない声。

「あ、でもミーナちゃんとなら浮気ＯＫです。むしろどんどんしちゃっていいです」

『朝から元気だな』

「そういうカルゴさんはテンションが低いです」

『前からそうだ』

「推しからのモーニングコールですよ⁉　たぎってこないんですか⁉」

『そんな気分じゃない……』

海那は通話越しに業の気分変調を感じていた。

VTuberとしてのおはようと、生身の友人としてのおはよう。二手に分かれ、一日に二度挨拶をすることが海那のこだわりだ。VTuber文化へのリスペクトで始めたことだが、顔を合わせる前から業の様子がわかるので、そういう意味でも重宝していた。

通話を終え、外階段から二階へあがって部屋へ向かう。

業の復学初日は、ひょっとするとうまくいかなかったかもしれない。彼は一年留学したようなものなのだ。

それでいて、あの真っ白な髪。

きっとクラス中から奇異の目を向けられただろう。

海那も生まれながら、ミックスド・レースならではの金髪に苦労してきた。

いつもの心配性が湧き上がり、今朝は部屋の前まで来てみた。

ほかにも、妙な胸騒ぎも感じる。辿《たど》り着くやいなや、玄関ドアが急に開け放たれた。

海那は勢いよくおでこをぶつけた。

「あいたぁっ……！　あ、う、うう」

海那がおでこを押さえながら、正面を見上げた。

せっかく朝から綺麗《きれい》に整えてきた錦糸の髪も、これで台無しだ。

「ミーナ？　なにしてんだ、そこで」

業は苦しみ悶《もだ》える海那にあきれた目を向けた。

「ぐ、うぅ～、お、おおおはようございます……」海那はおでこを擦《さす》り、目尻に小粒の涙を浮かべていた。

「朝から楽しそうだ」

「すみません、カルゴさん」

「謝ることじゃない」

業の様子は通話で感じたほどには鬱気ではなかった。

ひとえに久しぶりの学校で疲れただけという可能性もある。だが、それはそれとして海那にはまた別の気がかりもあった。

「今日はなんでこんなところまで？」

業が訝《いぶか》った目を向ける。

「ええ、と……。なんだか嫌な予感がしまして」

海那は不安げに周囲を見回していた。

「嫌な予感？」

「なんというかこう……ライバル出現、的なっ」

海那は目をぎゅっと瞑《つぶ》り、言いづらいことを勢いで言ったとばかりの顔になる。

「何のライバルだ？」

「そ、そこを訊《き》いちゃだめですよ！」

「どうせ思い過ごしだ」

「いえいえ。念には念をです。なので、今日はカルゴさんに少しでも距離をつめておかなければっ……と思いまして。悪い虫がつかないように！」

「距離はもう十分近い」業はそこで言葉を切る。「だがまぁ——」

ここ数日は、とある人物に追いかけられてばかりだ。

業はその嫌な予感に心当たりがある。

「ミーナも勘が良いんだな」

「こういうことは女の子のほうが敏感なんです」

「そもそも、ミーナのことを付け狙う輩《やから》だって多いと思うが。見てくれで言ったら、男が黙ってないだろうしな」

業は不躾《ぶしつけ》に言う。

「わたしのこと、心配してくれるんですか？」

「……」業は海那の熱視線を疎《うと》み、目をつむる。「部分的にそうだ」

「曖昧なアンケート回答⁉」

「なんにしたって少しは警戒することだ。なんなら毎朝迎えに来なくていい。どうせ高校だって別なんだから。おれより彩音《あやね》と一緒に登校したほうがずっと安心だろ」

霧谷《きりたに》彩音。海那と同じ高校に通うグレーの髪の少女で、VTuberとして騒動を起こしたとき、業がその最期《さいご》の面倒を見た。

「彩音の心配はしないいんですね？」

「あのメスライオンには誰も寄りつかないだろ」

「猫って言ってくださいよ。うちの高校ではすっごくモテるんですから」

「……だろうな」

業は彩音の性格の良さを知っている。

会話も弾んだところで二人は駅に向かって歩いた。業も海那も、今朝にかぎっては周囲を警戒したが、いまのところ不審な影や足音はない。

駅に着き、電車に乗って都心方面に向かう。

「――わたし、考えたんですよ」

シートに二人並んで坐ったあと、海那が神妙な顔で切り出した。

「なにをだ？」

「これからのVTuber活動のことをっ」

海那がぐいっと顔を寄せる。

業は顔を引きつらせ、活動するのか……と淡つかな態度でつぶやいた。

「水闇ガーネットのコンセプトは〝希望の光〟です。乃亜《のあ》ちゃんの意志を継いで、VTuberの未来を明るく照らすようなVTuberになりたいです」

「……」

業は複雑な表情を浮かべた。

昨日の手作り弁当のことを思い出したのだ。

「なにかおかしいですか？」

「夢叶《むかなえ》乃亜のことを考えていた」

海那はふと、無神経だっただろうかと冷静になる。

「本当に彼女がファンを裏切っていたのか、おれにはわからない。あの炎上はなにかの間違いで、愉快犯が仕組んだものだと信じているが――」

業は口を噤《つぐ》んで目を閉じた。

その瞼《まぶた》の裏にはまだ推しの姿が焼きついているのだ。

「水闇ガーネットのことは応援してる。けど……」

少しして業が沈黙を破る。

「乃亜の最期は〝光〟だったか？」

「……」海那は息を呑《の》んだ。

「希望の光になりたいなら、乃亜のことを追いかけるべきじゃない」

まるで突き放すような言い方だ。斯《か》く言う苅部《かるべ》業のほうは、きっとこれからも夢叶乃亜を求め続けるのだろう。

海那は不安げに眉をひそめ、問いかけた。

「なにかあったんですか？」

「ちょっとした依頼だよ」

海那が目を見開く。

「もしかして……」

尋ねられる前に、業は颯爽《さっそう》とスマホからとあるVTuberのチャンネルを開いた。

――【喰代《ほおじろ》ダフCh.／Vらんぶる】

サメを思わせる口と歯。血のように赤い目。

「この人、知ってます」

海那も業と深くかかわるからには、いやな気分になることは覚悟の上、センシティブなニュースにも目を向けていた。

喰代ダフは三週間前、配信に載った女性の声がきっかけで炎上したVTuberだ。

男性アイドルとして売り出しているわけでもない喰代ダフだが、悪ぶった素振りや軽妙でキレのあるトークが女性票を集め、人気になった。

YouTubeチャンネルの登録者数はなんと七十万人。

活動開始して半年程度だ。

近年の新参VTuberの中では群を抜いて伸びている。

「たしか、女性との同棲《どうせい》疑惑で炎上した人でしたよね」

「そうだ」業《ごう》はしれっと答える。

「この炎上、けっこう前のことだったと思うんですけど……」

喰代ダフは炎上してからというもの、活動を休止して沈黙を貫いていた。

おそらく、ほとぼりが冷めたら活動再開という算段なのだろう。

VTuberの炎上は日常茶飯事だ。

そういったことが業界で慢性的に繰り返されると、処遇も形式化する。

世間を騒がせたらそのけじめとしてひとまず活動休止。運営は規約違反の有無を調べ、違反があれば罰を与え、少しすれば活動再開。お騒がせしました。はいちゃんちゃん。というわけだ。

喰代ダフはいわば、既に一騒動を終えたあとのVTuberである。

それを業がいまさら、どうかかわることがあるというのか。

海那《みな》は上目遣いで業に問いかける。

「ダフさんのファンから助けてほしいって依頼があったんですか……？」

海那は、彩小路《あやのこうじ》ねいこのときの炎上事件を思い出していた。

あのときはファンであるキャップンから、炎上を鎮《しず》めてほしいと助けを求められた。

業が荒羅斗《あららと》カザンとして運営するブログ【燃えよ、ぶい！】も、その記事を最後にかれこれ二ヶ月ほど更新がない。

そこで海那は疑念が首をもたげた。

喰代ダフは【Vらんぶる】という大手グループのVTuber。ファンや荒羅斗カザンのような外野が、どうこう出来る相手ではない。

その処遇も運営が決めるべきだろう。

諸々《もろもろ》の疑念を払うように業が答えた。

「依頼人の女は、喰代ダフを引退に追い込みたいそうだ」

「え……？」

海那は想像しなかった返答に瞠目《どうもく》した。

引退を望んでいるということはすなわち〝アンチ〟だ。そんなろくでもない相手からの依頼、考えるまでもなく受ける必要はない。

依頼人が女ということはさておき……。

そう、女かどうかはさておき、だ。

「ところで……」海那は身を寄せながら訊《たず》ねた。「どうしてその人が女性だってわかるんです？　もしかしたらダフさんの人気に嫉妬する男性という可能性もありますよ？　ネットだと性別なんてわからないですからね。わたしのことも実際に会うまで男性だってカルゴさんは勘違いしてたじゃないですか」

海那は強気の姿勢だ。

「クラスメイトだからな」

「クラスメイト⁉」

「隣の席の女子だ」

「隣の席ー⁉」海那が絶叫する。

急所をつかれ、その一言がクリティカルヒットした海那。

ライバル出現の予感は的中していたのだ。

太ももにかぶさる制服のスカートを両手で撫《な》で、他校という敗北感を噛《か》み締める。まだ電車が通勤通学ラッシュ前でよかった。海那は周りへの気遣いもできぬほどにショックを受け、大声を出していた。

別の高校という障壁は、とてつもなく高い。

海那が別の高校で日常生活を送る最中、その女は常に業の隣をキープし、授業に臨む彼の横顔を眺め放題だ。

昼休みには昼食に誘え、「これ、多くつくりすぎちゃった。よかったらどう?」とおかずを共有できる。

業は拒絶するだろう。

だが、なんだかんだ流される男だ。押しが強ければ、それを拒む労力を惜しみ、遅かれ早かれ「はい、あーん」に従ってしまう。

あれよあれよという間に篭絡《ろうらく》され、気づけば二人は学校という村社会で公認のカップルとして認知される。――よっ、ご両人。周囲はそうもてはやすに違いない。

そんなことがあっていいものか。

そして肝心な問題は、卒業アルバム。そこに収められた写真の数々には二人の仲睦《むつ》まじい姿が生涯にわたって残り、青春を振り返るとき、異性交遊の象徴的存在には〝その女〟

が刻まれてしまうのだ。

時が経《た》てば経つほど、本人の記憶も改竄《かいざん》されていくだろう。

なんたる屈辱……。苅部業の表も裏も知り尽くし、支えている自分を差し置いてそんなことが許されるはずはない。

海那は歯噛《はが》みした。

「アンチ許すまじぃぃ〜〜」

拳を握りしめ、叫ぶ海那。

「正直に言うと、おれもその女とはかかわるべきじゃないと考えている」

「……！」

海那は目元を潤ませ、幸せそうにはにかんだ。

「ですよねカルゴさん！　お弁当はわたしのつくったもので十分です。自信作ですから。あれを前にしたら、もう誰も寄りつきませんよ。これからはさらにデコ盛り盛りに増量マシマシ！　あーんは誰にもさせませんからっ」

「いったいなんの話をしてるんだ」

業は異様な圧を感じ、目を見張った。

海那はふと冷静になる。

「それでも……カルゴさんはダフさんについて調べてるんですか？」

「まあな」

「何か気になることでも？」

「どうやら依頼人の女、乃亜の足取りを知っているらしい」

「え」

「協力したら足取りを教えると言っていた」

「乃亜ちゃんの……魂、ということですか？」

業は強張《こわば》った表情で言う。

「そうだ」

「……」海那は複雑な気分になり、眉根を寄せた。

厳密に言えば、その存在はもう夢叶乃亜ではない。

魂だった、というだけである。業や海那、他のノア友が推していた〝夢叶乃亜〟という VTuber はもう引退した。死んだのだ。

魂に出会ったとて夢叶乃亜に出会えるわけではない。

それでも業は、この馬鹿げた釣り針に食らいついたということだ。

海那はその意図を測りながら言う。

「乃亜《のあ》ちゃんの足取りって、カルゴさんですらわからなかったことですよね？　その人は星ヶ丘ハイスクールの関係者なんでしょうか」

「わからない」

「なんだか都合のいい話です」

海那は嫉妬心を忘れ去り、ただただ不信感を強めていた。

「あるいは、乃亜の身内という可能性すらある」

「そんな偶然があったらびっくりです。きっとカルゴさんを誘惑する撒《ま》き餌《え》ですよ」

「かもしれない。けどな――」業は声を押し殺して言う。「あの女の荒羅斗カザンへの執着は本物だった」

海那はそのとき、業から漂う禍々《まがまが》しい気配を感じて身震いした。

その目がいつかの妄執的なものに変わっている。朝から海那が感じていた嫌な予感の正体は、業が放っていたのかもしれない。

3

放課後、業は昇降口の外側に立った。

またぞろガラスに映る自分自身を見つめる。

真っ白な髪。燃えたあとの灰。――二度と戻らない自分。

そうした直後、花《はな》が靴を履き替え、「おまたせ～」と言いながら外に出てきた。

部活あがりで汗ばんでいたが、制汗剤を入念に振り撒《ま》いたようで、爽やかな匂いが業の鼻孔をくすぐった。

そういった配慮も含め、いやに好意的に感じられた。

業はその目に警戒の色を浮かべた。

「……」花はきょとんとしながら言う。「行こっか？」

「ああ」

「安心してよ。取って食べたりしないから」

「あんたはこっちの素性を知っている。おれは知らない」

「素性？」花は目を剝《む》き、たまらず吹き出した。「ふふふ、苅部《かるべ》くんはそっ、ちがリアルなのね」

「でなきゃ一年も休学しない」

「そっか。ふふ。じゃあ、私もこれからは実名のほうで呼ぶわね、カルゴくん」

「……好きにしろ」

二人で学校近くのファミレスへ向かった。

日もとっぷり暮れ始めた頃。都心外れのファミレスには時間を忘れて居座る老人たち、黙々と仕事をするスーツの男、子連れの主婦にあふれ、猥雑《わいざつ》としていた。

込み入った話にはもってこいだ。

「はじめに気づいたのは、それかな」

影山《かげやま》花は業《ごう》の左手首を指で示した。

そこには赤い腕時計がある。

「夢叶《むかなえ》乃亜のプレミアム腕時計よね、それ」

復学初日、自分の正体を知っていた花に業は不信感と既視感を抱いていた。

出会い頭に「炎上させてほしい」だなんて、どこぞの誰かと同じではないか。ファミレスでこうして膝をつき合わせているのも、その目的を探るためだった。

「こんなグッズなら誰でも持ってる」

「メルカリで4，999円よ？　発売したときは25，000円もしたのに価値は暴落。それだけ誰も欲しがらないってこと。……炎上後の推しのグッズを着けて歩くなんて、狂信的なファンしかいないしね」

花はからかうような目で言った。

「それから荒羅斗カザンって名前のブロガー、少しディグれば、ノア友のカルゴくんだってことは簡単に探り当てられたわ。それで苅部業とカルゴ。――略称だってぴんと来た」

業は名前にこだわりはなかった。

推し活に名義も自我も不要。ファンは黙って推しに愛をぶつけ、推しの幸せを願う。

だから、ただ単純に実名を省略したのだ。

「やっぱりカルゴくんは夢叶乃亜が忘れられないのね」

「忘れる忘れないの問題じゃない。おれやノア友の中でいつまでも生きてる」

「わぁ、こわい」花はおどけてみせる。

「あんたはVTuberをバカにしたいのか？　だったら話はここまでだ。喰代《ほおじろ》ダフのことだって、誰も引退なんて望んじゃいないんだ」

「私が望んでる」花は冷たい声で言う。

「そいつが憎いのか？」

「ええ。とっても」

「女と同棲《どうせい》してたからってなにが悪い」

「乃亜が男と同棲していたらどう？」

「夢叶乃亜はアイドルとして活動していた。女性アイドルが男と関係を持っていたとわかれば、ファンは失望するだろうな」

「カルゴくんも失望したの？」

「……」業はその質問を無視した。「ダフはアイドルか？　違うだろ。むしろ、何人もの女と付き合っていそうなタイプだ」

「ええ、そう。女の敵よ。だから派手に燃やして引退させてほしいの」

「あんたも裏切られたってわけだ」

業の怜悧《れいり》な目が花を射止める。

「……裏切られたのは私じゃない」そこでようやく花は本当のことを打ち明けた。「私のお姉ちゃん、影山蛍《ほたる》。ずっと頑張ってきたのに、ダフに台無しにされた」

「姉……？」

そうと聞いて業はそれまでの花の振るまいに得心した。

VTuber の活動や炎上、乃亜のことにも詳しいくせに、VTuber への造詣《ぞうけい》や愛が花からは感じられないのだ。

まるで知識だけ詰め込んだ、座学だけの優等生のように。

それが姉ありきなら、さもありなん。

「お姉ちゃんはまた別の VTuber をやってたの。去年までね」

去年――。

業はそのキーワードに後ろ暗いものを感じた。

「ダフと同じグループよ」

「〝ぶいらん〟か」

「ぶいらん？　……たぶんそれ」

「みんな【Vらんぶる】のことをそう呼ぶんだ」

「そうなのね」花は続けた。「まぁそれで、お姉ちゃんはとくにダフに肩入れしてた。私がプロデュースしたVTuberだよ、って自慢げに話してたわ。私はそんなに興味がなかったんだけど、おすすめされた配信のちょうどその日に――」

「あの切り忘れと、女との同棲疑惑で燃えたのか」

「そういうこと」

花は目を伏せた。

「それからのお姉ちゃんを見るのはつらかったわ。前にもVTuber活動で塞ぎ込んでた時期があったけど、そのときと同じ状態に戻っちゃった」

「去年の」

「そう、去年の」花も気づいた。「乃亜が炎上したのもちょうどその時期ね？」

「……」

業は硬直したまま、花を見ていた。

「安心して。お姉ちゃんは乃亜じゃない。でも同じ時期に活躍してたから、乃亜ともよくコラボしてたって聞いた」

「……そうだったのか」

想像以上に花の姉は大物だったらしい。【Vらんぶる】は業界最大手のマンモスグループだけあり、所属していてもその名声は藪《やぶ》の中だ。

業はひとまず【Vらんぶる】のことに意識を向けた。

「ダフが引退したらプロデュースした姉が悲しむんじゃないか?」

「そうかもね。お姉ちゃんはVTuberが好きだもの。いつもみんなが楽しく、幸せになれるようにって願って頑張ってた。……ううん、いまもがんばってる」

夢叶乃亜もそうだった。ノア友であるカルゴやミーナも。

堰《せき》を切ったように花は話を続けた。

「お姉ちゃんは凄《すご》い才能を持ってるのよ。演技だって私よりずっと上手《うわて》だし、綺麗《きれい》で愛嬌《あいきょう》もあって面倒見もいい。なんでもできるんだから。役だって正義の味方からニヒルなライバル、悲劇のヒロインにひょうきんな従者。男役も女役もなんでもござれ。私が演劇をがんばろうって思ったのもお姉ちゃんの影響よ」

どうやら花はシスコンのようである。

「私にとってはヒーローも同然の存在だった。なのに、あの界隈は悪質な連中ばかり。VTuberも運営もそのファンも、なんで馬鹿げたことするの？」

花の目元は少しばかり潤みはじめていた。

花は賢いし、理知的だ。そんな彼女にしてみれば、VTuber界隈《かいわい》で起こる訳のわからない炎上騒動がさぞ滑稽に映るのだろう。

嫉妬や馴《な》れ合い。足の引っ張り合いにマウント合戦。

毎日が承認欲求お化けの縄張り争いだ。

「お姉ちゃんみたいに優しい人は、VTuberとかかわらないほうがいい。だからカルゴくんには、お姉ちゃんをVTuber界隈から遠ざける手伝いをしてほしいの。——そのために、まずダフを追放する」

花は目をきっと細め、宣戦布告した。

その決意は固そうだ。

「得意でしょ、カルゴくん？」

「どうかな」

業は肩をすくめ、質問を重ねた。

「姉がVTuberをやってた頃の名義は？」

「関係ないでしょ。そっちはもう活動してないんだから」

「大事なことだ」

「……燐香《りんか》」

花は渋々といった様子で答えた。

「白虎《びゃっこ》燐香」

業は瞠目《どうもく》した。

夢叶乃亜《のあ》と蜜月の仲だったVTuberだ。

4

——白虎燐香。

業は昼夜、そのVTuberのことをしきりに思い出していた。

夢叶乃亜が所属する【星ヶ丘ハイスクール】は、数多《あまた》のVTuberグループが雨後の筍《たけのこ》のように現《あら》われた群雄割拠の時代、人気筆頭だったグループだ。

いまは業界最大手と名高い【Vらんぶる】も、その頃に結成されたグループだ。

無論、当時は箱をまたいだコラボも山ほど企画された。

乃亜の炎上をきっかけに業界のパワーバランスも大きく変動し、現在の地位が築かれたわけだが、それ以前から【Vらんぶる】の人気の下地を作りあげたのは、一期生のメンバーである。

青龍桜奈《せいりゅうおうな》、朱雀葉月《すざくはづき》、白虎燐香、玄武雪乃《げんぶゆきの》の四人。

ファンの間では〝四神〟と呼ばれ、親しまれたメンバーだ。

まさか、その一人の妹とクラスメイトになろうとは……。

燐香の活動休止の原因となった事件のことは、業もはっきりと覚えていた。

思い出すにつれ、胸奥深くで鬱積が積み上がっていく。

「え？　演劇部ですか？」

ある日の昼休み、業は気弱そうなクラスの女子に演劇部の部室の場所を尋ねた。

「苅部《かるべ》くん、演劇に興味あるんですか？」

「そういうわけじゃないが」

「そうなんだ」女子の目にはなぜか失望の色が混じっていた。「劇部って男子がいないそうなので、入部したら喜ぶと思いますよ」

「そう聞くと男には力仕事ばかり回ってきそうな気がするな」

「あはは、そうかもしれませんね」

女子生徒は次第に緊張もほぐれたか、笑顔を見せながら続けた。

「もしかして、花《はな》ちゃんのことですか？」

業《ごう》は軽率に頷《うなず》く。

「そうだ」

「わぁ……っ」女子はどういうわけか、目を輝かせた。

「どうかしたか？」

「い、いえなんでも。……あ、でも部室を訪ねても嫌がられるかも。女子しかいないので部員専用の更衣室になってるって聞きました」

「それは避けた方が賢明だな」

復学して早々、変態扱いされたらたまらない。

「放課後に行ったらどうですか？　今日は第二体育館で練習してますよ」

「詳しいんだな？」

「あたし、剣道部なんですけど、文化祭が近いので何日か演劇部が使うって連絡が来てたんですよ」

「文化祭……もうそんな季節か」

業が通う都立杉葦《すぎあし》高校では、スギアシ祭と呼ばれる文化祭が十月に催される。業は青春とは無縁のVTuberオタクだったため、一年生の頃も積極的に参加しなかった。生徒会や部活に励む生徒ほどは身近なイベントではない。

「花ちゃん、主演を務めるんじゃなかったかな？」

放課後になり、第二体育館へ向かう。

ちょうど稽古の最中らしく、しじまを衝《つ》く叫声が聞こえた。

「あの女、わたくしのドレスを……お母様の形見を奪って逃げたんだわっ！」

台本を読みあげる凜《りん》とした声が、ぴりぴりと空気を揺らす。

人に届けたいという意思を持った声だ。

業はふいに立ち止まり、その心地のいい声に耳を傾けていた。

不思議なことに、演劇部の役者が放つ声は独立した生き物のように胸を打つ。

これだけ気ぜわしい学校生活で、一つの舞台に情熱を向ける部活というのもそう悪くはなさそうだ。業の場合、それがVTuberに向いていたというだけだった。

「あ。きみは――」

外から練習風景を見守る業に、とある部員が気づく。照明係らしく、観客席側から舞台全体を見て担当する照明の出番を確認しているようだ。思えば、業の登校初日、花と一緒に昇降口でこちらを観察していた少女である。

女子部員は業の白髪や背丈を興味深く眺めていた。

彼女は業の観察を終えると、軽やかな足取りで他の部員に歩み寄り、なにやらひそひそと話をはじめた。

目の輝き方からして、よからぬ噂《うわさ》をしているに違いない。

愉《たの》しげな雰囲気で戻ってきた女子部員が言う。

「もしかして、花に用？」

結舌する業。

さっきの女子といい、どうして皆、花に用があると気づくのだろう。

業は怪訝《けげん》そうに目を細めた。女子部員はそれを肯定ととらえたか、性急に機転を利《き》かせはじめた。

「待ってて！　いま、花を呼んでくるから」

「いや、練習を邪魔するつもりはない」

「いいのいいの。どうせもう終わるし」

「様子を見たかっただけなんだ。そっとしといてくれ」

引き止めると女子部員は何が嬉《うれ》しいのか、にやけ顔を浮かべ、「なるほど～。わかりました っ。どうぞごゆっくり～」と意気軒昂《いきけんこう》に部活に戻った。

業はその様子を不審に思いながらも、深くは考えないことにした。

花はというと、ステージ上で練習に励んでいた。

ジャージ姿で全身を使って芝居を表現している。艶やかなポニーテールがさらりさらりと揺れていた。

しばらく業はその演技を見物していた。

優しい性格を思わせる柔らかい声。普段と比べると、いまはまさに蛍《ほたる》の声と瓜二《うりふた》つだ。まるで白虎燐香が演じているかのようにも聞こえる。

彼女は優等生で学校での人間関係も良好。

海那《みな》とはまた違うタイプの妖艶《ようえん》さをただよわせる美人。異性にもモテる。

これほど輝かしい日々を送る少女がVTuberを燃やすなどと言い出すのは、ひとかたならぬ義憤があってこそだろう。

花は、姉をVTuberから遠ざけたいと言っていた。

いったいどこで間違えて、そんな思考に陥ってしまったのか。

その原因は、経緯を振り返るに――。

「……はぁ。私のせいかなぁ」

嘆くような声が近くから聞こえた。

体育館のまた別の戸口から演劇部を見守る女がいる。

歳《とし》は二十代前半。大和撫子《やまとなでしこ》という形容がぴったりの黒髪美人だ。だが、物陰から館内を覗《のぞ》き込むその様子は、あからさまに不審である。

業は身動きが取れずにいた。

その容姿は、影山《かげやま》花にそっくりなのだ。

濡羽色《ぬればいろ》の髪はハーフアップにしていて、花よりも臈長《ろうた》け、かぐわしさがある。けれど横顔は瓜二つで、どう見ても姉——影山蛍に違いなかった。

すなわち、彼女こそが白虎燐香の魂。

業は気づかれないように一歩ずつ後ずさった。それがかえって粒度の粗い砂利に足を取られるはめになり、盛大に足音を立ててしまった。

「あら？」蛍が業の存在に気づく。

「っ……」

顔を引きつらせる業。

相手は有名VTuber、白虎燐香本人。

さながら、この女性は夢叶《むかなえ》乃亜とも縁故がある。

業は踵《きびす》を返《かえ》し、逃げるようにその場を辞去しようとした。

「あ、待って！」

燐香の——否、蛍の声が耳朶《じだ》を叩《たた》く。

「……」業は立ち止まった。

「花のお友達よね？　その白い髪、花から聞いてるよ」

「……苅部……業です」業はやおら振り返って言う。

目は合わせられなかった。

「こんにちは。花の姉の、蛍です」

蛍は平然と自己紹介した。

当然だ。妹のクラスメイトというだけなのだから。

けれど業にとっては推しがいた世界で共に活躍していた別世界の住人。

向かい合って話すことすら身を削るような気分だ。この邂逅《かいこう》はどう転んでも、推しの影がよぎる結果になるだろう。

「びっくりさせちゃったらごめんね。今日は花の部活が遅いって聞いてて、学校に連絡して迎えに来たの」

「もうすぐ終わるそうですよ」

業はそっぽを向いたまま答えた。

「そっか。教えてくれてありがとう。……ところで、もしよかったら花の部活が終わる前に、ちょっとお話を聞いてもいい？」

「おれに？」

「うん。きみに。……あら？　苅部くんってどこかで私と会ったことある？」

蛍は目を剝《む》き、業を観察しはじめた。

顔をさらに背ける業。

「おれのほうは初めて会いましたが」

「そうよね？　でも見覚えがあるのよね。こんな印象的な子、一度会ったら忘れないと思うんだけど～……」

蛍が業をまじまじと見ながら近づいてくる。

もし見覚えがあるとすれば、きっと乃亜《のあ》の推し活の中でだろう。

星ヶ丘ハイスクールは当時、あらゆるVTuberイベントに出演していた。

中には三分なり五分なりのおしゃべりイベントというものもある。ファンは画面の前に立ち、推しのVTuberと画面越しに一定時間、おしゃべりを楽しめるのだ。

乃亜推しカルゴもそういったイベントには欠かさず参加していた。

大型なイベントでは複数の出演者がいるものだが、乃亜と燐香《りんか》が同時出演していたイベントにも業は駆けつけている。

「まぁいっか」蛍は鷹揚《おうよう》に言う。「率直に訊《き》くけど、花の学校の様子はどうかな？」

「どうと言われても……ご覧の通りですが」

業は体育館のほうに目配せした。

爽やかな汗を流す主演女優の姿がある。

「じゃなくて、なんていうんだろう……。苅部《かるべ》くんには何か特別な相談事とか、してないかなって思って」

「どうしてそう思うんですか？」

「うーん」蛍は眉尻を下げ、業をちらちらと見た。「苅部くんって二週間くらい前に復学してきたんだよね？　それからかな。花がよく学校の話を聞かせてくれるようになったんだ。あの白髪が〜って楽しそうに一日の出来事を教えてくれるのよ」

「あの白髪……」

影山家では不名誉な呼ばれ方をしているようだ。

業《ごう》は気になって髪をいじる。

「あっ、悪い意味じゃないのよ！　かっこいいからね、その髪！」

「悪い意味にしか聞こえないんですが」

「ううん。そんなことない。だって花《はな》があんなふうにお友達の話をしてくれるの、初めてだから」蛍は歯切れ悪く続ける。「……実は、うちにはもう親がいなくて、花が小学生の頃から私が親代わりなの。できてるかどうかは別だけどね」

「……」

業は気まずくなって緘黙《かんもく》した。

「私もずっと仕事で忙しくしてたし、花も気を遣って学校でのことを話すのを避けてたんだと思う。それが最近になっていろいろ喋《しゃべ》ってくれるようになってね。きっと苅部くんが花の気持ちを和らげてくれたのかな～って考えてたんだ。それで、こんなところで偶然会えたものだから、思わず呼び止めちゃった。会えて嬉しいな」

「こちらこそ光栄ですよ」

「ふふ、苅部くんって妙に落ち着いてるね。それで、花とはどんな話をしてるの？」

あなたがプロデュースしたVTuberを燃やそうとしています、とは口が裂けても言えなかった。一方、これは好機に思えた。

蛍は【Vらんぶる】の内部でVTuber運営のサポートをしているそうだ。

いまはもう白虎燐香《びゃっこ》ではないのなら、ここでいくつか事情を訊《たず》ねても、VTuberの不文律には触れないものと割り切ってもいいかもしれない。

「花とはVTuberのことをよく話してます」

「……やっぱりそうなのね」

蛍がとたんに目の色を変えた。

「やっぱりとは？」

「あっ、えっと……正直に言うと私、VTuberに関するお仕事をしてるんだけど、いままで花は全然興味なんて示さなかったのに、最近たくさんVTuberのことを質問してくるようになったのよ。だから変だなって思ってたの」

「蛍さんとしては嬉しいことじゃないんですか？」

蛍は短く溜《た》め息をつく。

「それが、求めてた興味の持ち方とは違うようなのよね……」

「もしかして、喰代《ほおじろ》ダフのことですか」

あけすけに訊ねると、蛍は肩をすぼめて唇をきつく結んだ。動揺した女性はたいていこういう反応をする。

「あはは……」蛍は自嘲気味に言った。「やっぱりそういう話までしてるのね。恥ずかしい話だけど、花に勧めた配信でちょうどうっかりダフが燃えちゃったんだ。だから私のせいで、Ｖに悪い印象をつけちゃったなって心配してたのよ」

「それはお気の毒に」

「──苅部くんは、VTuber が好きなのよね？」

蛍はさらりと訊ねた。

一年前の業なら有無を言わさず首肯した質問だ。けれどいまはどうだろう。

その感情の行方を、業も探しているところだった。

答えられず、つい下を向く。

「お願いっ。花に VTuber の良さを伝えてくれないかな？」

「……VTuber の良さ？」

「うん。私が伝えようとしても空回りしちゃう。もし私のやってることに花がストレスを感じてるなら、このままお互いの関係に溝ができちゃう気がして……」

業は黙然と蛍の願いを咀嚼《そしゃく》していた。

VTuber を燃やしてほしいという妹と、VTuber の良さを伝えてほしいという姉。

あべこべな姉妹だ。

そこで業は、とある疑念を抱いた。

花から聞いていたほどには蛍《ほたる》の様子は深刻そうではない。

「蛍さんはダフの炎上を気にしていないんですか？」

「え？」

蛍が意外そうな声をあげ、それを聞いた業も驚いた。

「燃えたのは蛍さんがサポートしてるVTuberですよね？　それが女性との交際疑惑がどうのって騒がれて、裏切られた気分になったとか」

「う、うん……。もちろんそれはある」蛍は目を泳がせて言う。「苅部くんも知ってると思うけど、ぶいらんは箱が大きいから運営側も炎上には慣れっこでね。こういうことが起きたときのガイドラインもあるのよ。冷めてるように聞こえるかもしれないけど、一つ一つのことを気にしてたらキリがないから」

「運営らしいですね」

「それより、私は花のことが心配。いまも部活が忙しいみたいだし。それに知ってる？　花は文化祭が終わったら部長になるんだって。進路も考える頃合いだし、私のことで大事な時期につまづいてほしくないのよ。だからお願い……。苅部くんには花を支えてあげてほしい」

蛍はすがるような目を向けた。

「難しいことをお願いしてるわけじゃないの。ただ、花と話しているとき、VTuberの良いところを語ってあげてほしいってだけ」

「……」

難題だった。

業が閉口したのを見て、蛍は初対面から不躾《ぶしつけ》だったと自省した。

「……ごめん、いままでの話は忘れて。もう少し花と話をして、理解してもらえるようにがんばってみるね」

殊勝に笑ってみせる蛍だが、その目元には薄《うっす》らと隈《くま》が浮かんでいた。

「あ、ちょうど部活も終わったみたいね。――苅部くんは花に話があるんだよね？　私、少しの間だけ離れたところにいようかしら？」

「いいえ。おかまいなく」

「え？　それならどうしてここに……？」

「たまたま通りかかったんです。お会いできてよかったですよ」

業は逃げるようにその場を後にした。

第二体育館のほうでは花が二人の存在に気づき、きょとんとした顔を浮かべていた。

フェイスタオルで汗を拭いながら近づいてくる。

捕まる前に逃げよう。業は歩きを速めた。

「カルゴくん！」

逃げ去ろうとする業を、花が呼び止める。

だが、足は止めなかった。

「ちょっと……！　私のいないところで何の話をしてたのよっ」

花は業のことを諦め、蛍のほうに向く。

「ねえ、お姉ちゃん？」

「――カルゴ？」

蛍はきょとんとした様子で、その名を反芻《はんすう》するだけだった。

またどこかで蛍とは向き合うことになりそうだ。あの姉妹のいまは、業とまったく無関係というわけではないのだから。

――〝苅部くんは、VTuberが好きなのよね？〟

耳にはその言葉が張りついたままだった。

5

こういう日は肉じゃがにかぎる。

海那《みな》は冷蔵庫を前にして、頭の中のレシピからふさわしいものを選んだ。

「うーん……やっぱり、持久戦で勝負ですかね」

実を言うと「得意料理は？」と訊かれたら、海那はまず卵料理全般と答える。

卵焼き、オムライス、親子丼など日本の食卓を彩《いろど》る代表的なメニューだ。

視野を広げれば、トルティージャ、キッシュ、ポーチドエッグ、スコッチエッグ。いくらでも挙げられる。

千変万化の卵。料理名だけで涎《よだれ》がでる。

けれど卵料理はあまり保存には向かず、即日食べたほうがおいしいのだ。一方、肉じゃがなどの煮物料理は一晩寝かせれば味が染《し》み、おいしさを増す。

一度の調理で、対象の舌を二度もとろけさせる時限爆弾が完成するわけだ。

最近、業とは帰りが合わないこともあり、いつ食べてくれるかもわからない。時限爆弾のほうが胃袋を摑《つか》んだままにできる。と、そういう見立てだった。

ただでさえ、ライバルが現《あら》われた。

宿敵の名前は聞いた。——影山《かげやま》花。

なぜ二人は隣同士の席になってしまったのだろう。

席順がもし名簿のあいうえお順なら、影山と苅部《かるべ》で縦に並んでも不思議はない。

けれど隣同士。業が復学したからか？

そういえば、名簿順が近いなら、授業の班分けも必然的に同じグループになっているかもしれない。

海那の座席には後ろに〝佐伯《さえき》〟という女子がいて、よく同じ班になる。

ともすれば、影山・苅部も同じグループになりやすいのでは？

それだと二人の接点は必然的に多くなるではないか。であれば、諸々《もろもろ》の段階を経て、かくかく然々《しかじか》の云々《うんぬん》かんぬんして、やはり卒業アルバムには二人の仲睦《むつ》まじい姿がばっちり収められる。卒業後も青春の一ページを振り返るときには、そのアルバムこそが間口になり、それは生涯にわたって二人の記憶の——。

「あああああああああっ！」

海那はトントントントンと高速でじゃがいもをカットする。

そのまま勢いまかせに包丁を手放した。

居ても立ってもいられず、料理を中断して手を洗い、iPhoneを取る。

――と、そこでガチャリと扉が開いて業《ごう》が帰ってきた。

海那の表情がぱっと明るくなる。

「あっ……！　おかえりなさい、カルゴさん！」

「ああ……」

業は急《せ》いた様子でキッチンを横切り、リビングに向かった。

デスクにどかりと坐《すわ》ると、ＰＣを起動してさっそくなにかを調べ始めていた。

海那の中で、ざらついた感覚が海馬の奥で火花を散らしていた。

気にならないはずがない。業の目つきは獲物を見つけた鷹《たか》のそれになっていた。彼が荒《あら》羅《ら》斗《と》カザンとして何かを狙うときの目だ。

「なにかあったんですか？」

説明は期待していない。

それゆえ、海那はいつものようにショルダーハッキングをかます。

――【喰代ダフ】。その名前を目に留め、海那の胸騒ぎは加速した。

「またダフさん、ですか」

「まぁな」業はにべもなく答えた。

実のところ、海那も喰代ダフの名前を聞いてからその炎上の背景を調べていた。

もう事件から三週間が経《た》った。野次馬めいたネットユーザーにとっては話題性も尽きたようで、ダフナーを含む喰代《ほおじろ》ダフ界隈《かいわい》の人間も鳴りをひそめている。

あるのは、置き土産のように残された、匿名掲示版の書き込みだけ。

「過去の記事を漁《あさ》ると同棲《どうせい》相手と疑われた女性、三人もいるみたいですね？」

「そうらしいな」

業もすでに調査済みのようだった。

パソコンモニターの角度を海那に合わせ、とあるまとめサイトの【同棲疑惑浮上中の女性まとめ】というページを見せてきた。

「ミーナが読んだのはこれか？」

いずれも【Vらんぶる】所属の女性VTuberが候補に挙がっている。

配信に載った声は「はぁ〜、おつかれさま〜」とだけ。

その息を吐くような掠《かす》れた声は、女性VTuberなら誰でも該当しそうなものだった。

ゆえに、外野も持論を展開し放題だ。

業はページをスクロールしていく。

【－喰代ダフと同棲疑惑浮上中の女性まとめ　解説と考察、その真相は？－】

UP! ２０２２年８月27日更新

２０２２年８月20日、Ｖらんぶるの新進気鋭の男性ライバー喰代ダフさんに女性同棲疑惑が浮上しました。女性ファンも多いため、ダフナーの皆さんの中にはショックを受けたかたも多かったことでしょうね。

キレのあるツッコミ、リスナーのコメントも小馬鹿にして捌《さば》くトーク力が人気を博し、まるでＴＤＳのタートル・トーク、もといＶＴＢのシャーク・トークだと評判の喰代ダフさんです。

これまで女性の影を匂わさず、どうやら過去の配信でも「彼女がいたらＶやってられねえだろ」とうそぶいていたダフさん。

今回の炎上は相当燃えたようです。

そんな喰代ダフさん、公式プロフィールを確認すると好きなカクテルは『レディーキラー』だとか。さて、そんな女泣かせの喰代ダフさんの交際相手が誰なのか、知りたいかたも多いことでしょう。

当サイトでは以下のことをまとめてみました。

・配信に載った女性の声って？
・どうして炎上したの？

・疑惑の女性①　―白虎燐香《びゃっこりんか》―
・疑惑の女性②　―稀林《まれりん》アミィ―
・疑惑の女性③　―怪星《あやぼし》もめん―

これらを情報リソースに照らし合わせながら、まとめていきたいと思います！

それでは、レッツゴー。


………。

………。


業は序盤の記事を読み飛ばし、疑惑の女性①までページダウンする。

海那がその名前を見ながら言う。

「一人目の疑惑のVTuberさんって……」

「白虎燐香。――乃亜《のあ》とくに仲が良かった女だ」

燐香は乃亜が炎上した直後は、その発言にも徐々に過激さを増していた。

Twitterでも VTuberの裏側に言及するような――たとえば、「友達がいなくなるって不思議な気分」「そこにいるのにもういないの。変だよね」とポエムなツイートを繰り返していた。

その都度、燐香のファン『白虎隊』から心配され、ツイ消しを繰り返す始末。

それらの発言は乃亜の引退のことだろうとされたが、よその箱のVに関する言及をよしとしない箱推しリスナーによって批判された。

その騒動は業も一度、【燃えよ、ぶい！】で記事にしたことがある。

以来、燐香は長期の活動休止状態――実質、引退も同然だ。

復帰を待ち望むファンもいまだ多かった。

業は次に、ダフ炎上の引き金になった配信の切り抜き動画を探した。YouTubeでは動画が軒並み削除されたが、Twitterではまだツイートと添付動画が残っている。

●生乃《いくの》　@NAMAMONOdesu
このあとめちゃくちゃ○ックスした。

【切り抜き動画】

「ふぃ～～」

字幕：喰代ダフ退席。
○生活音たすかる
○ネタだろ絶対

○ダフナーさんひやっひやw
○誰か箱のVに連絡したん？
○おまえがしろ
字幕：…………。
○祭りと聞いて
○ダフくんの寝息が聞けるってコト⁉
――カチャン。からん。
字幕：喰代ダフ（？）戻る。
○あ
○きた
○¥721　期待を込めて
○最低
○戻ってきたw
○ダフくん気づいて～
○サメASMR
「はぁ～、おつかれさま～」

字幕：謎の女の声
○お
○え
○だれ？
○うそやん
○女ｗｗｗｗｗｗｗｗｗｗ
○あああああああああああああ
○彼女ｗｗｗ
○ああああああああああああああああああああああああああああああああああ
○消せ消せ消せ消せ
○わあああああああああああああああああああああああ
18:07・2022/08/21　１３２万回表示
４・４万件のいいね　１・８万回のリツイート　１０９８件の引用

●生乃　@NAMAMONOdesu
返信先：@NAMAMONOdesu さん

思いのほかバズったんで宣伝します‼
←普段はこんなことやってます‼‼　よろしく‼
#生乃Live#生乃まタイム
□YouTubeリンク

●開園《かいえん》魔神《まじん》　@WeeeeeSSu000
返信先：@NAMAMONOdesu さん
おちんちんランド開園

●しゅぽぽ　@hasshukusama
返信先：@NAMAMONOdesu さん
セ

●Rop　@4545prprprpr
返信先：@NAMAMONOdesu さん
やっちまいましたねぇ。相手も同じ箱のVだとか。そっちのファンもｵｺｵﾝ

●カクテル男爵《だんしゃく》　@yorunoOTK
返信先：@NAMAMONOdesuさん
こんなんで燃えんだからVはなぁ

業《ごう》はシークバーを戻し、謎の女性の声を繰り返し聞いていた。

短い一言だ。それが白虎燐香のものと言われれば、確かによく似ている。

疑惑をもたれても仕方がないかもしれない。

「……例の依頼人の花《はな》は、白虎燐香の妹らしい」

業がぼそりとつぶやいた。

つい先ほど嫉妬の炎をめらめらと燃やしていた相手だ。

海那《みな》は業のクラスメイトのことだと思い出し、慌てふためいた。

「ええええぇぇえええぇぇええええええ!?」

「うるさいな……」

「だ、だって燐香さんって超有名人じゃないですか。しかも、乃亜ちゃんとよくコラボしてたかたですよね。レジェンドですよ」

「ミーナも燐香のことを覚えてたのか」

「わたしもれっきとしたノア友ですからっ」

海那の驚きぶりを見て、業もいまになってそぞろに思いを馳《は》せた。

「今日たまたま姉のほうが学校に来てて、少し喋《しゃべ》った」

「え――」海那が言葉を失う。

「燐香が学校に来てて、少し喋った」

「いや言葉の意味はわかりますけど……っ！」

海那はこの急展開に狼狽《ろうばい》して、目を回す。

「なんなんですかそれ？　どういう奇跡が起きたらそんな巡り合わせがあるんですか？

カルゴさんはVTuberの魂を引き寄せるバフでもかかってるんですか？」

「人のこと言えるか？　あんたもVTuberだろ」

「ま、まぁそれはそうですが、わたしとは格が違うと思うので」

海那はしばらく気が動転していたが、やがてこれが何を意味するのか理解しはじめ、深呼吸しながら状況を整理した。

夢叶《むかなえ》乃亜の足取りを知ってるという理由も、これで納得だ。

「つまり花さんは、お姉さんがダフさんの同棲《どうせい》相手と疑いをかけられたことで、ダフさんに良い印象をもってなくて、引退に追い込みたい――と、そういう意図でカルゴさんに燃やしてほしいと依頼してきたわけですね」

「かもしれないが、そもそもこの同棲疑惑は本当に疑惑なんだろうか」

「それって……」海那は眉根を寄せた。「本当に同棲していた、と？」

「同棲までいかなくても、恋人関係だとか」

「恋人！」海那が頬を赤らめる。

「影山《かげやま》姉妹は二人暮らしらしい。姉が男の家に通ってたら、さすがに花も気づいているだろう。それで二人の仲を引き裂くというのも考えにくいが……」

言いながら、業はパソコン前に広げたノートに影山花とその姉の蛍《ほたる》、そして喰代《ほおじろ》ダフの名前を書き並べ、線をひっぱりながら関係を図示していた。

「ミーナはしょっちゅうおれの部屋に来ているが、親にはどう思われている？」

唐突に訊《たず》ねられ、海那は頬を真っ赤に染めた。

「え、その、あの……わたしとカルゴさんが、特別な関係かどうかってことですかっ？」

「単純にどう思われているかって話だ」

「それを直接聞くのは、ずるくないですかっ……。というか、それをわたしが説明するのもいろいろと語弊がありませんか……っ！」

海那はしどろもどろになっていた。

実のところ、海那も業との関係をどう言い表せばいいかわからなかった。

ただ、とっくに男の気配に勘づいている母親にはバレバレなことを承知の上、業の部屋に泊まるときは「友達の家に泊まります」と伝えている。

母親の返答はいつも、ハートマーク付きのクマさんスタンプだ。

「……まぁいいか」

赤面したままの海那を放置して、業はノートに向き直る。

煙《けむ》に巻かれた海那は不満げに口をすぼめた。

海那はパソコンモニターに釘付《くぎづ》けになる業の背後をすねたように見つめていた。業は飄々《ひょうひょう》とした様子で会話を続ける。

「ダフに関してもどういうわけか情報が少ない」

「……？　チャンネル登録者七十万人のかたですよ？」

「ダフというか、ダフの魂の――」

本当にこいつは燃やすべき相手か否《いな》か。品定めをするにはまだ遠い存在だ。

そこで業は違和感を覚えた。

「妙だ」

「なにか?」

「ダフは業界最大手のぶいらんからデビューした新進気鋭のVTuberだ。伸び方もすさまじいが、その一方で前世に関する情報が一切ない」

「転生じゃなくて、ピカピカの新人さんなんじゃないですか?」

VTuberは仮面を被《かぶ》っている分、転生も多い。名義とガワを変えて再デビューすることでロケットスタートを狙うのも戦略の一つである。

「ミーナはダフの配信を見て、あいつが新人に見えたのか?」

「元からお話が巧《うま》いかたなのかもしれませんよ」

「だとしても、用意周到に前世の情報を消しておかないとここまで何も出ないということはないと思うんだがな……」

いまどき、どんなネットユーザーもどこかしらにデジタルタトゥーを刻んでいる。

業は呻《うな》りながら、ノートにまた別の名前を書き留めた。

稀林《まれりん》アミィ。怪星《あやぼし》もめん。

この二人は燐香《りんか》と同じく、Vらんぶる所属の女性VTuber。二人にも同棲疑惑がかけられていた。

海那が嘆いた。

「ああ、アミィちゃん……」

「ミーナの戦友だな」

稀林アミィは二ヶ月前まで個人勢として活動していた。

それから大手【Vらんぶる】からスカウトされたVTuberだ。

海那が鏡《かがみ》モアとして活動していた頃、プロデューサーのベサノを炎上させるために、情報提供に協力してくれたことがある。

「アミィはベサノのこともうまく誑《たぶら》かしていた」

「アミィちゃん、本当はそんな子じゃないんだけどな……」

「彼女は情報通という印象がある。特に男女関係のことには鼻が利《き》くタイプだった。もしかしたら、ダフの素性や燐香との関係のことも知ってるかもしれないな。……ミーナのほうで話を聞いてみてくれないか？」

「それは構わないですけど……」

海那は怪訝《けげん》そうに言う。

気が進まないわけではない。

はじめから海那は、業がぶいらん界隈《かいわい》で起きたこの騒動に関わることで、いったいどんな着地を望んでいるのかが気になっていた。

それが見えず、五里霧中といったところだ。

「カルゴさんはどうするつもりなんですか？」

「どう……とは？」

「花さんのお願いを叶《かな》えてあげるつもりですか？　それで乃亜《のあ》ちゃんの足取りを追えるかもしれませんし、燐香さんともお近づきになれるかもしれませんよね？　でも、そんなことをしたら悲しむ人だってたくさんいます。VTuberにはファンがいるんです」

業は、あぁと嘆息した。

ようやく海那が知りたいことを察したらしい。

「今日、燐香はおれにこう問いかけた。――VTuberが好きなんだよねって」

業は乾いた瞳を向けていた。

「おれは、答えられなかった。……好きかと聞かれて、素直に好きと言えなかったんだ。あんなに夢中になって推していたジャンルなのに」

「カルゴさん……」

業は両手で頭を抱え、髪を掻《か》き上げた。

その灰にまみれた髪を。

「花に燃やしてほしいと頼られたときもそうだ。VTuberという存在を嫌いと言ってる人間を見て、ただ〝あぁそうか〟と思うだけだ。乃亜推しカルゴなら、うざがられてでも良さを語ったかもしれないな。――いまのおれはそうじゃない。振り返ると、乃亜を喪《うしな》ってからのおれは、だんだんVTuberの良さもわからなくなっている気がする。もしそうならおれも花と変わらない。VTuberに負の感情を向ける、ただのアンチだ」

「そんなわけないじゃないですか……っ」

海那は彼がどういう精神状態なのかを悟っていた。

いまの業は純粋なオタクではない。闇の中から光を求めて彷徨《さまよ》う亡霊で、ふとした拍子にその闇に呑《の》まれそうになっている。

さだめし炎上という闇を常々見ているからこそ、自分を見失いやすいのだ。

「ミーナは【燃えよ、ぶい！】のアーカイブを読んだことがあるか？」

「もちろん、ありますよ……」

「燐香のこともブログに書いたことがある」

「そうでしたね」

記事のタイトルは【方舟《はこぶね》の浮上？　夢叶乃亜の仲良しVTuber白虎《びゃっこ》燐香、私生活暴露してファン失望】――だ。

もう九ヶ月も前のブログだった。

お部屋公開という配信が流行《はや》った頃、燐香が自室を撮影し、あろうことか乃亜のファーストソロライブのグッズや非売品のポップを映してしまうという事件が起きた。

ブログタイトルの『方舟の浮上』とは、そのポップの文言である。

当時、白虎隊は皆、荒れに荒れた。

「おれは乃亜を諦めきれないがために、あらゆるVTuberに仇《あだ》をなした。その仇をなした相手が目の前に現《あら》われたんだ。なんの因果だって身震いしたよ」

業《ごう》が吐き出すままにまかせ、海那《みな》はその気持ちを汲《く》み取ろうとしていた。

気の利いたことが言える自信もない。

「おれは……VTuberが好きなのか？　それがもうわからない。乃亜がいないいまとなっては、あの頃の自分はもう取り戻せないと思っている。……そんなおれが、VTuberの良さを他人に伝える？　できるわけがないだろ」

海那は通学途中の業の言葉を思い出していた。

――乃亜の最期《さいご》は〝光〟だったか？

確かに、この男は影山花《はな》と同じだ。

乃亜の炎上以来、VTuberに対する義憤がどこかでしこりのように溜《た》まっていて、忘れてしまったのだ。自分がいったい何者なのかを——。

海那は不安げに業の顔色を窺《うかが》った。

いまの彼にはおそろしいという印象はない。

目は優しい色をして、ごく整った顔立ち。

けれど肌は相変わらず青白く、心は彫刻のように冷たい。彼をそんなふうに人を寄せつけない雰囲気に変えてしまったのは、まぎれもなく夢叶《むかなえ》乃亜だった。

「カルゴさんは、カルゴさんですよ」

「それをまた確かめたくなった。……実を言うと、おれはここ最近、VTuberを見ていても楽しいなんて感じたことがないんだ」

海那は悲しくなって目尻に雫《しずく》が溜まった。

こうなる前の乃亜推しカルゴを、海那はよく知っている。

知っているけれども、取り戻せてはいなかった。もしあの姉妹が現われてから、業がまた自分自身を見失いかけているのなら——。

「わたしも手伝いますから……。同じノア友として。カルゴさんのそばで……」

方舟の行き先を照らす宝石になる。

海那はそう決めて、いまの自分になったのだ。

6

電車で二十分ほど。夜八時半に海那は自宅に着いた。

両親とも、海那の寄り道には気づいているが、とくに何も言わない。

そいつを早く家に連れてきたらどうだ、と煽《あお》るような態度でさえいる。

夕食に合流してとりとめのない会話に混ざるうち、海那にはこの温《ぬく》もりが贅沢《ぜいたく》なもののように思えた。

業は一人暮らしで、頑《かたく》なに実家には帰らない。

彼が自ら選んだことだが、それでも真っ暗な部屋にただ一人、誰と口をきくでもなく終わっていく一日というものは、気持ちのいいものではないだろう。

食事を終え、食器洗いを手伝ったあと、海那は二階の自室へ向かった。

そこでＰＣを立ち上げる。

海那はVTuber活動を本格的にはじめようと考えていた。

——水闇《みずやみ》ガーネット。

水先案内人としての怪しげな蒼《あお》のフード。そのフードマントには波模様の刺繍《ししゅう》。

そこから覗《のぞ》く白銀の髪――業の髪と同じ色だ。彼の想《おも》いを乗せ、活動したいと願いを込めた色だ。そして瞳はガーネットを象徴する深紅色。

あらためて見ると、カルゴのようでもあり、夢叶乃亜のようでもある。

水闇ガーネットは助けが必要なVTuberを救う足がかりになる。同時に、彼らのファンのことだって救いたいと思っていた。

そのためには〝影響力〟が必要だった。

たとえば、水闇ガーネットが百人のファンを抱えるVTuberだとする。

他のVTuberから見て、同じ規模の相手なら相談したいこともできるだろう。

だがこれが千人、一万人、十万人……と、より多くのファンを抱えるVTuberの場合はどうか？　悩みを聞かせてと言ったところで鼻で笑われるに違いない。

哀《かな》しき哉《かな》、VTuberは人気がすべてだ。

ファンの数は客観的な信頼の指標。海那がこれから多くのVTuberに関わっていきたいのなら、自分自身が強く、大きな存在になる必要があった。

当時、夢叶乃亜はチャンネル登録者数三十万人を超えていた。

憧れの存在を目指すなら、まずそこは超えたい。

〝希望の光になりたいなら、乃亜のことを追いかけるべきじゃない〟

海那も折に触れ、あの日を思い返すことがある。

考えたくはないが、もしも乃亜の魂が炎上で広まった悪評通りの人物だったら――。

海那は夢叶乃亜を信じきれない自分がいやになり、頭《かぶり》を振った。

ミイラ取りはやがてミイラになるものだ。

嫌い嫌いという思いはすぐ耳元で魔性の言葉を囁《ささや》き続ける。好きでい続けることが前提の推し活は、だからこそ続けることが難しい。

業の煩悶《はんもん》もそうやって生まれるのだろう。

業を手伝うには、まず稀林《まれりん》アミィに連絡を取ることだ。

海那はYouTubeのチャンネルを開く。

相手の活動状況を把握しておくべき、というのがVTuber業界のマナー。

ちょうど赤く【LIVE】と書かれたサムネイルがある。まさに配信中のようだ。

海那はサムネイルをクリックした。

『――あぁ、そろそろ十万人耐久配信とかっすね～。やるなら何がいいっすか？』

稀林アミィの音声が届く。雑談の途中だった。

○ASMR雑談

○やっぱ歌枠じゃね?

○おセンシティブ雑談

ガワは、個人勢のときよりグレードアップしていた。

褐色の髪やエメラルドグリーンの瞳は変わっていない。

かつては脇や臍《へそ》など、所々に穴の空いた薄地のチュニックを着て、森で見かけたエルフめいたデザインをしていた。

ぶいらん加入後はその傾向を強めたか、チュニックは上下セパレートのダンス衣装のように成り代わり、さらに露出があった。

胸元を見せないところがまたセクシーだ。

この似通ったガワの雰囲気ゆえ、鏡モアともSNSで繋《つな》がった。

『歌ぁ～?　うーん、盛り上げるなら定番っすよね。でも、初見さんにアミィの良さを伝えるなら、またちょっと違う?』

そう幼げな声で語りかけるアミィ。

記念すべきチャンネル登録者十万人が目前のアミィだ。

稀林組――ファンネームだが、彼らとそれに向けた作戦を練っているらしい。VTuberはリスナーと二人三脚で新規客を取り込む工夫を相談しあえる。

共同作業の感が増し、ファンとの絆《きずな》を高められるのだ。

アミィはとくに個人勢として培《つちか》ったファンの結束が強く、その存在の大切さもアミィ自身、よくわかっていた。配信を始めたらすぐかけつけ、いいねを押し、家族のようにあたたかいコメントを投げかける存在のなんと心強いことか。

海那は、他者への懐《ふところ》の飛び込みかたでアミィより長《た》けたVTuberを見たことがない。

○アミアミの強みは雑談枠

○良さ＝エロ

○シチュボで釣ろう

○初見さんお断りw

『シチュボいいっすね～！　……あ、初見さん？　アミィの配信に来てくれてありがと。え？　アタシのこと、一目で好きになっちゃったっすか？　いいっすよ。二人でこのあと……キャッ。初見さんったら、もうせっかち～』

○一目で好きになって、二度目で絶望する

○二人でこのあと（森を焼く）

○それは人間側のほうw
○初見「あっ、大丈夫す」
○十万人耐久シチュボとか正気か
○俺ら「あっ、大丈夫す」
○リスナー減って草
『待て待て待て～い！　きみたち大歓喜のやつっすよ！　初見さんもこれで堕《お》とせるに決まってるんじゃないっすか！』
○十万人までの耐久が延びるだけ
○ここまで稀林組による巧妙な手口
○その手口で某サメも釣ったのか
海那はそのコメントを見逃さなかった。

アイコンもついていない無機質なリスナー。〝某サメ〟とは喰代《ほおじろ》ダフのことだろう。

『なんて非道なやり口っすか。アタシを嵌《は》め……アタシに嵌めて、体をもてあそぶっていうんすね！　こんないたいけな女の子に！』

アミィは異質なコメントを歯牙《しが》にもかけなかった。
○なぜ言い直したwww

○アタシに嵌める（）
○初見よりYouTubeくんバイバイだわ
○もてあそんでんのはどっちだよw
○YouTubeくん「あっ、大丈夫す」
『だめだめっ！　それだけはダメっ。やだなぁもう。YouTube先輩は特別っすよ～』
○こいつ……w
○媚《こ》びまくって全員に嫌われるやつだw
○より強い存在に媚びる女
○箱でもそうやって媚びてんの？
『セ・ン・パ・イ。おすすめ動画にアタシのことをばんばんあげちゃっていいっすよ～。そしたらがっぽがっぽスパチャも稼いできますからぁ。先輩ももっとアタシの配信を見ていたいっすよね？　ね？　……ね？　ああ～スパチャ～？』

それから無言で圧をかけ始める稀林アミィ。
○露骨w
○一周回って好感
○俺ら「あっ、スパチャす」

○¥1220　ユーチューブ様、どうぞ大目に見てやってください
○¥5000　ぐっ、釣られるもんか……！
○踊らされているのはどっちか
○¥500　アミアミ大好きだよ

海那《みな》は息を呑《の》んだ。

アンチらしいコメントは完全無視。不快感をおくびにも出さない。

その上、コメントを誘導して集金タイムまで作っていた。結果、ホットな配信としてランキングを上げ、さらに視聴者を呼び込んでいる。

同接も増加し、千三百人ほどだったのが一気に千五百人まで上昇した。

アミィが貫くエゴめいたものに海那は憧れていた。

彼女は誰のためでもなく、自分のためにVTuberをやっている。人気やお金が欲しいという欲望が露骨に見えたとしても、どういうわけか惹《ひ》かれてしまうのだ。

稀林アミィは「これ以上先輩に嫌われたらガチヤバっす。ではでは、おつあみぃ～」と告げて、鮮やかに配信を終えた。

最後まで投げ銭が飛び交い、荒らしコメントも押し流されている。

攻撃は最大の防御とはまさにこれ。

ファンの愛を盾に身を守っているのだ。

彼女が喰代ダフの同棲《どうせい》相手かどうかなど、山門から喧嘩《けんか》を見るように、この配信では無関係なものになっていた。

「わぁ～……。アミィちゃんすごいな……」

配信を見終わる頃には、海那もすっかり魅了されていた。

海那はDiscordを立ち上げ、フレンドリストから稀林アミィを探す。まだステータスが赤い丸になっていて、これは【取り込み中】のサインだ。

しばらく待つとオレンジ色の【退席中】に変わった。

海那の経験からすると、VTuberは大手になればなるほど、普段は【退席中】だったり、オンライン状態を隠していたりする。

海那はメッセージを送る。

◯ミーナ　2022/09/16　22:11
お疲れさま。ひさしぶりです♧
配信見ました。やっぱりアミィちゃんは面白いね
時間があったら話せないかなって思って……。どうですか？

思いのほか、反応はすぐあった。

ハートマークのリアクションが付き、書き込み中のマークが表示される。
○稀林アミィ　2022/09/16　22:12
モアちゃん！w　おひさー！

連絡ありがと♥モアちゃんの声が聞けるならいつでも話したい！　通話する？
○ミーナ　2022/09/16　22:12
ありがとうございますっ！　よかったら今日にでも🙏
○稀林アミィ　2022/09/16　22:14
ちょっと待って！　水飲みたいっ！w

水どころか、三十分なり一時間でも休憩を挟んでからでもいい。

配信はかなりエネルギーを使うものだ。十五分ほど待ち、アミィは「おまた」と返信をくれた。海那から通話をかける。

発信音をがなり立てたあと、Discordは海那とアミィを繋げてくれた。

『あぁあっ！　モアちゃん～っ！』

まるで推しに会ったファンのように、アミィは興奮していた。

二人は一瞬でソウルメイトに戻る。

「アミィちゃん！」

『話したかったよモアちゃん～……って、もうモアちゃんじゃないね。ごめ～ん』

アミィは配信のときと雰囲気が違う。

ロリボイスを活《い》かした〝ナメガキ〟というキャラは創られたものだ。

アミィの魂は友達想《おも》いの優しい子なのだ。

「大丈夫です。でも、ミーナって呼んでほしい……です」

鏡《かがみ》モアは自分が死に追いやった。その名前をけっして忘れることはしないけれど、海那がそう呼ばれる資格はないと思っていた。

互いに近況報告を済ませる。

海那は転生する計画を大雑把に話した。

『やばっ。アタシも応援する！　転生したらアミィともいっぱいコラボしようね』

「え」海那は一瞬困惑した。「う、うん。嬉《うれ》しいです」

『感謝してるもん。あいつのこと、本当にどう引き離そうかって困ってたから』

「……ほんとですね」

いまいましい記憶が甦《よみがえ》った。

とはいえ、この流れは理想的だ。

「けど、アミィちゃんも忙しいんじゃないですか？　ぶいらんに入ってから」

『あー』声音が下がるアミィ。『うん。これから箱の企画も色々はじまるしね。いまはね～……まぁここだけの話、アタシって微妙な立場なんだ』

「微妙って？」

『ほら、アタシ中途組じゃん？　ファンをひっさげて加入したし、新入りだけど先輩より上に見られることもあって。……グループ内のやっかみとかさ？』

「やっかみ……」

グループが大きいだけに人間関係もこじれやすいのだろう。

『あ、内緒だからね⁉　こないだの炎上屋……アラキさん？　とかいう人には黙ってて。ぶいらんでの活動、本当に大事にしたいから』

海那は気遣って問いかける。

「いまの状況は大丈夫ですか？」

『いま……？　あぁ～、まぁ』曖昧な返事。

「ごめんなさい。ネットでアミィちゃんのお名前を見かけちゃって」

喰代ダフの同棲相手として晒《さら》されている件だ。

業《ごう》の頼みはさておき、不名誉な記事を見たときから連絡を取りたいと思っていた。

野次馬と誤解されたら嫌だなと海那は思う。

『……ミーナちゃん。今日時間ある？』

海那はそう呼んでもらえ、ほっとした。

ウェッジウッドの置き時計を見やる。

平日ど真ん中で授業はあるが、この親睦の機会を無下にしたくなかった。

こちらは無敵の女子高生。

午前の眠気くらい、どうとでもなる。

「もちろんっ。なんでも話してください」

海那は精一杯の明るさで返答した。

『ありがと』アミィはつっかえが取れたように話し始めた。『ミーナちゃんが言いたいのはダフ先輩とのことだよね？　ほんとにあれ、勘弁してほしい。このアタシがダフ先輩と同棲？　ないない。いくら人気だからって、そんなこと』

うんうんと呻《うな》るアミィ。

その物言いは、不理解な野次馬への呪詛《じゅそ》が含まれていた。

「ダフさんとは絡《から》んだことがあるんですか？」

『もちろんある。面倒見のいい人だからね。優しい人だよ』

海那は違和感を覚えた。

これまでのところ、海那は喰代《ほおじろ》ダフに対して良い印象を持っていなかった。ネットの評判通りの女好きという印象。けれどアミィは、ダフからサムネの作り方や告知のタイミング、インプレッションを稼ぐコツなど、親切な手ほどきを受けたと語る。

こんなふうにアミィが他人を好意的に語るのは珍しかった。

「そんなに良い人なのに、悪評が広まるなんてかわいそうですね」

『ちょっと天然でうっかりな人だからね』

アミィはダフを同情するように言う。

「うっかりというと……」

海那は言葉を濁した。

こんなとき、業が隣にいれば得手勝手に聞いてしまうだろうに。

「あの事故の件もですか？　一緒に暮らしている女の人が、その……」

『あぁそれは』アミィは言葉を切る。『ごめん、やっぱりミーナちゃんにもあのことは詳しく話せない。でも、ダフさんがファンを裏切るようなまねはしてない……はず。アタシはそう信じる』

海那は確信した。

この炎上はただの不幸の積み重ねだ。

喰代ダフという粗暴な男はただのキャラ設定で、中身は優しい男性。

配信にまぎれこんだ女性は、たまたま居合わせた女友達か誰か。それが真実だ。

『アタシの配信にも変な連中が湧くようになってさ。まぁ気にしてないからいいけど。早くいなくなってくれないかなぁ』

「ぶいらんのほかの方々にも火の粉がふりかかってますよね」

『あぁ、もめんちゃん？　あの子も新人なのにかわいそうだわ。不幸中の幸いで同接は増えたみたいだけどね』

「それと燐香《りんか》さんも」

『うん？』アミィが意外な反応をした。『――あぁ、そうか。うん。燐香先輩もそうね。あの炎上でもう復帰の目処《めど》は立たなくなったかもしれないわ』

「えっ、復帰の見込みがあったんですか⁉」

『あっ、やば……』

アミィはついうっかりとばかりに口を噤《つぐ》む。

海那《みな》も気を遣って質問を変えた。

「聞いちゃいけないやつでしたか？」

『ミーナちゃん以外には絶対に内緒だけどね。ダフ先輩と燐香先輩がコラボして、そこから復帰のストーリーも立ってたみたい。でも先輩が燃えちゃった以上はもうね』

「燐香さんが戻ったら喜ぶファンも多いでしょうね」

『そうなんだけど、ぶいらんの他メンに聞いた話だとね、ダフ先輩での活躍で、首の皮が繋《つな》がってた状態だったみたいよ、燐香先輩。……そんなときアレが起きたから復帰計画も企画倒れ。ふりだしに戻ったって』

「それは悲劇です……」

『ほんと、いたたまれないわ』

「けど、これから燐香さんが戻ってくる可能性もあるってことですよねっ」

海那にはそれがなんとも心強かった。

白虎隊《びゃっこたい》ではない海那だが、乃亜《のあ》と同じ界隈《かいわい》のVTuberが一人、また活動を再開するというのは、古き友人に再会するかのような待ち遠しさがある。

そこで海那ははっとなる。

ひょっとすると、これは業の闇を晴らす手伝いになるかもしれない。

海那も、燐香復活のニュースには胸が弾んだ。ならばノア友である業もまた、この報《しら》せには何か感じ入るものがあるかもしれない。

アミィの反応からして、この情報は口外禁止の話だろう。

業のためだとしても、無闇に口外して友人であるアミィとの信頼関係を崩すことはしたくない。せめて燐香がいつ復帰できるのか、知ることはできないだろうか。

「きっと燐香さんの復帰のお知らせがでたら、トレンドにも載りますね。その企画はいつリプランされる予定なんですか？」

『ミーナちゃん、さっきも言ったけど』

アミィは慎重に言葉を選んで言った。

『燐香先輩の復帰は目処が立たなくなってるのよ』

「炎上のせいですか……？」海那の声が萎《しぼ》む。

『それもあるし、どうやら先輩本人の気持ち的にも、戻ろうっていう気がなくなってるみたいで――』

海那は気を落とした。

白虎燐香は、風前《ふうぜん》の灯火《ともしび》だった。

VTuberの無期限活動休止は、引退とはっきり銘打たれないだけで実質引退も同然。ファンがいくら首を長くして待っていたとて、復活することなく消えていくことのほうが多い。忘れた頃にひょっこり、なんて生やさしい世界でもないのだ。

そんな中、燐香は奇跡的に復帰の見込みがあった。

それも暗礁に乗り上げたというところ。その原因が、燐香の魂に取り巻く家庭環境——中でも、あのこじれた姉妹関係にあるとしたら——。

海那の頭にちょっとした思いつきが駆け巡る。

乃亜のときの無力感を、ここで清算するときが来たのではなかろうか。

白虎燐香の活動は終わろうとしている。だが、まだ終わっていない。さらには、本人に接触するチャンスもまったくないわけでもなかった。

水闇《みずやみ》ガーネットはどんなVTuberになるつもりだった？

いまここで動かなければ、海那はこれからもVTuberを助けられない。決して。

「アミィちゃん。一生のお願いがあります」

『な、なに……？　あらたまって……』

「助けてほしい人がいるんです」

7

影山花《かげやまはな》は、文字通りの〝高嶺《たかね》の花〟だ。

欠点を挙げるなら、他者の力を借りようとしないことだろう。

常日頃から一匹狼《いっぴきおおかみ》気質な雰囲気をふりまくため、表立って推されるより、ひっそりと隠れファンが増えていくような少女だ。

――そんな影山花の様子がおかしくなった。

それもこれも苅部《かるべ》業の登場がきっかけだとは周知の事実。

彼女のファンは嘆き、ミーハーな連中はカップリング目線で楽しんでいた。

二人の動向は、いまや学校中の生徒たちの裏アカで実況されている。今日にも二人が放課後に待ち合わせをしたらしいという情報まで出回っていた。

そして放課後。

部室棟の裏に呼び出された業は、物陰のギャラリーの多さに面食らっていた。

「今日は逃げないのね？」

花は責めるように業の顔をのぞき込む。

先日、蛍《ほたる》と話したあとの不誠実な態度を根に持っているのだろう。業は煙たそうに目を細め、背中を仰《の》け反らせてから首肯した。

「あの日のこと、お姉ちゃんを問い詰めたわ。頼まれたんでしょ？　私を説得するようにって。でも私の考えは変わらないから」

続けざまに花が詰《なじ》る。

「で、返事は？」

「返事？」

花の背後には、期待の目を向けるミーハーな女子生徒たち。

「ダフのこと。燃やしてくれるの？」

「……それを決める前に確認したいことがある」

「乃亜のこと？」

「燐香のことだ。あの二人は本当に付き合っていないのか？」

物陰のほうからざわざわとした声が上がる。

業は涼しい顔でそちらに一瞥《いちべつ》くれ、また花に目を向けた。

花の頬が赤く染まっていた。

「信じられない……。カルゴくんもそんなゴシップを信じてるわけ？」

「そうじゃないが」業は言う。「もし二人が付き合ってるなら、おれが介入することは必ずしもあんたの姉を救うことにならない」

「そんなわけないじゃないっ」

花はとたんに噴気をたぎらせ、業《ごう》の腕を鷲掴《わしづか》みにした。

「わかったわ。証拠を見せてあげるから、今日はうちに来てっ」

そのとき、キャーともワーともつかぬ、かまびすしい声があがった。ようやく花は聴衆の存在に気づき、慌てて業の腕を引き寄せた。

「やば……っ。ここじゃまずかったかも」

「どういうことだ」

業は事態が飲み込めていない。

「とにかく逃げるわよ！」

「あ、あぁ」

花は業の腕を引きながら、この男はどれだけ鈍いのだと呆《あき》れ、溜《た》め息をついた。

逃げるように校舎を後にして、二人は電車に飛び乗った。

道すがらほとんど会話はなかった。元より寡黙な二人だが、花のほうはいまの物見高い連中に目撃された一場面のことで気を揉《も》んでいた。

人の噂《うわさ》はおそろしい。

姉を襲った一幕でもそれは目《ま》の当たりにしたことだ。

電車でも誰かが目を光らせてやしないかと警戒し、花は辺りを見回していた。

そうこうするうちに家に着く。

都内の住宅街——練馬区の北にある一軒家だ。

二階建てで庭は狭く、すすけたブロック塀が外周を囲う。門扉《もんぴ》には幼児向けアニメのシールを剝がした痕があった。

「中は綺麗《きれい》にしてあるから心配しないで」

花が鍵を開けて入り、業もあとに続く。

カチャリとゆっくりと閉まる扉。静かで生活の匂いも希薄だ。

「証拠とやらを見たらおれは帰る」

「そう?」花はリビングに案内しながら言う。「じゃあ、そこで少し待ってて」

花は廊下の途中で立ち止まり、リビングのソファに目配せした。

年季物だが、大きめのファミリーサイズで坐《すわ》り心地が良さそうだ。

壁面には家族写真や古い映画のポスター——『DEPARTURES』というタイトルとACADEMY AWARD WINNERとある。アカデミー賞を受賞した映画のようだ。

ほかにも壁の高い位置にどこかの団体の児童演劇賞の賞状がある。

——影山蛍。

賞状に刻まれた名前を目に留めた。

その華々しい実績を褒《ほ》め称《たた》える人の気が、この家にはほとんどなかった。

花が戻り、隣に座る。心なしか、業の座る位置にほど近い。秘密を共有する共犯者だと思わせるかのような距離感だ。

花はアルバムを抱えていた。

テーブルに広げ、それを業に見せつける。

「これがお姉ちゃんの本当の姿よ」

舞台上で意気天を衝《つ》く役者と並ぶ、女優の姿が写真に収められていた。

花はゆっくりとページをめくっていく。

そのたびに様変わりする面相。蛍は児童演劇から青少年向けの劇団員となるまで、あらゆる役柄を演じたようだ。

業が出会った蛍とはまた違う、自信に満ちあふれた彼女。

時間が進むにつれて、蛍がだんだん大人へなっていく様子も窺《うかが》えた。けれど、いまの蛍へと近づく前に、写真はぱたりと途絶えてしまう。

「……」

花はアルバムを閉じた。

「お姉ちゃん、綺麗でしょ？」

かく言う花も写真に収められた蛍と瓜二《うりふた》つだ。

業がなんとも言わないのを見て、やきもきした花がさらに続ける。

「ずっと私の憧れだった……。パパとママが亡《な》くなったあと、お姉ちゃんだってつらかったはずなのに、私を支えるために演劇の道を諦めたのよ」

「それでVTuberに？」

「そう……」

花の目元は少しばかり潤んでいた。

業はつぶさに答える。

「あんたがどれほど白虎《びゃっこ》燐香《りんか》のことを知っているか知らないが、おれみたいなオタクにとって燐香は超がつくほどの有名人だ。VTuberと聞いてその道に詳しくない人間には低俗な印象があるんだろうが」業は息を凝らして続けた。「それでも、あんたの姉が輝いていたのは、リアルだろうとバーチャルだろうと変わらない」

「知ってるわ」

花は毅然《きぜん》と言う。

その返答に業はなまじ驚いた。

「知ってたのか」

「当たり前じゃないっ」

花はもう一冊、別のアルバムを取り出した。

今度のそれはいままでのアルバムとまた毛色が違う。

業にも馴染《なじ》みあるポップな雰囲気の写真——というよりスクリーンショット。ライブのチェキ。すべて白虎燐香のものだった。

「こ、これは……」

業は意外なものを前にぎょっとした。

「さっきのアルバムの続き。私がつくったの」

業は怪訝《けげん》な目つきで、そのアルバムを吟味した。

装丁こそ古めかしいものの、これはファンが推しのグッズを整理するときにやる、推し活アルバムそのものではないか。

「花は、白虎隊なのか……?」

「なにそれ?」

「……」業は呆れて白んだ目を向ける。「燐香のことを推してるんだな?」

「推すっていうのがよくわからないけれど、お姉ちゃんのことは応援してる。どんな姿になってもね」

それが推すということだ。

業は勘弁してくれ、と天を仰ぐ。

「だったらどうして蛍さんをVTuberから遠ざけようとする?」

「お姉ちゃんが輝いていたのは燐香だった頃までよ」花《はな》はアルバムをとんとんと整えてから言う。「白虎燐香が休止してからのVらんぶるはひどい有り様じゃない? それがダフの一件でもよく表れてる。お姉ちゃんも疲弊してるのよ。だから一旦離れて、昔のお姉ちゃんに戻ってほしいの」

業は眉根を寄せた。

花は無自覚だが、こじらせファンの典型のようになっている。

「それなら喰代《ほおじろ》ダフを炎上させる必要がない」

「そのダフのことだって――」

いよいよ証拠のお出ましかというとき、ガチャリと扉の鍵を開ける音が聞こえた。

業はびくりとしてそちらを見やる。

「ただいま～」

蛍《ほたる》の声だ。

見慣れない靴の存在に気づいたか、蛍は急いだ様子で玄関を越え、リビングにすたすたと入ってきた。

花は白虎燐香のアルバムをさっと背中に隠す。

「あ……」

蛍と目が合う。

その瞳を見れば、業が誰であるのかはもうわかっているようだった。

業は短く溜め息をつく。

「いらっしゃい。苅部《かるべ》くん」

「お邪魔してます」

「花、連れてくるなら事前に連絡してくれてもよかったんじゃない？」

花は気まずそうに手を後ろに回していた。

推し活アルバムは秘密らしい。

「お姉ちゃんのほうこそ。今日は帰りが早いのね？」

「帰るタイミングはまちまちだもの。今日は予定より打ち合わせが早く終わったの」

「それなら私が連絡したって、お姉ちゃんに届くかどうかわからないじゃない」

いささか害意を孕《はら》んだ花の物言いに、蛍も尻込みした。

「花……」

「いつもそうよ。どこにいるかもわからないし、夜遅かったり、朝帰りだったり……。私が何を言ったってお姉ちゃんには届かない」

そこには喰代ダフへの嫉妬が含まれているのだろうか。

業は、この姉妹から推しとファンの関係に近い何かを感じていた。

応援は見返りを求めるものじゃない。

けれども配信を主体とするVTuberは、いつどこにいてもファンが画面越しに会いに行くことができ、その機会がいつ訪れるのか、こちらが気を張り詰めているときさえある。

慢性的に続く相互関係は家族も同然だ。

だから、歪《ゆが》んでしまうのだろう。

「花、その話は前にもしたと思うけど」

「はいはい。またVらんぶるのこと？　お姉ちゃんはVらんぶるを推す赤の他人とか、顔も名前もわからないグループのみんなのために頑張りたいって言うんでしょ」

「それが私の仕事だもの」

「違う……。そんなのお姉ちゃんじゃない。お姉ちゃんは表舞台で、いつも……」

「違わないわ」蛍は業《ごう》をちらりと見上げた。「関わってくれる周りの人のおかげでVTuberは活動が成立するの。それで花もいまの生活ができて――」

「っ……」

花は目をきっと細める。

「こんな生活、私がいつ望んだのよ……」

花は怒りまかせにリビングを飛び出し、二階へ駆け上がっていく。

その目には涙を浮かべていた。

「……」

取り残された蛍もしゅんとして、ばつの悪そうに上目遣いで業を見ていた。そんな目で見られると、業よりいくらも歳若《とし》く、頼りない学生のように見える。

業は肩をすくめた。

「……ごめんね、苅部くん。せっかく来てくれたし、お茶でも飲んでく？」

「気遣いは嬉《うれ》しいですが、いまは遠慮しておきますよ」

業は鞄《かばん》を摑《つか》んで玄関に向かう。

二人の関係はどこでねじれてしまったのだろう。

白虎燐香が活動休止に至ったきっかけを振り返るに、業はあの二人のいまが自分とは無関係には思えなかった。

魂あってのVTuberとはよく言ったものだ。

だが本当の意味で魂に接し、その人生に立ち入ったのはこれが初めてだった。

外に出て庭先の門に手をかけたとき、ちらりと振り返ると玄関から蛍が顔を覗《のぞ》かせていることに気づいた。

「なにか？」

「あの……」

蛍はするりとドアを通り抜け、玄関ポーチに立ちすくんだ。

夕闇の中、ランタンにも似たアンティークライトに照らされる蛍は、アルバムにいた女優と何ら変わりなかった。その女優が迦陵頻伽《かりょうびんが》な声で言う。

「カルゴ、くん——なんだよね？」

業は真《ま》っ直《す》ぐ蛍を見て答えた。

「そうですが」

「やっぱりそうなんだ……。私のこと、わかる？」

初めて互いの素性を明かしたときだった。

「実を言うと、花に聞きました」

「はぁ……」蛍は諦念の相を浮かべ、溜《た》め息をついた。「それなら乃亜《のあ》のファンにすごく恥ずかしいところを見せちゃったのね。なんだか自分にショック……。お互い、知らないふりしたままにもできたけど、花のお友達だし、それもよくないよね。中の人の姿を見て幻滅させてたらごめんなさい」

「そんなことはないです」

「ありがとう。聞いていた通り、カルゴくんは優しいんだね」

「聞いていた通り……」

業は誰から聞いた通りなのかが気になった。

「あれから花とは会話をするようにがんばってみたんだけど、あの通りで」

蛍は自嘲するように眉尻を下げる。

「どうしてあんなにVTuberが嫌いになっちゃったんだろう」

「おれが思うにそうでもなさそうですがね」

蛍は顔を上げ、期待の目を向ける。

「嫌いじゃないってこと？」

「好き嫌いとかじゃなくて、蛍さんのことしか見えていない」

「え、私？」

蛍はきょとんとした。

「蛍さんというか、白虎燐香《りんか》のことしか」

「そ、そうなの？」蛍もずいぶん動揺したようだった。「おかしいな。私には全然そんなふうに思えなかった。……花は、燐香のことをどう思ってるって？」

「それはおれが伝えることじゃない」

「そっか……。そうだよね」蛍は気を落として声をひそめた。「なんだか自信がなくなっちゃった。花のことはずっと小さい頃から面倒を見てきたのに、気づいたらすごく遠くに離れちゃった気がする……。違うか。私が遠くにいるのかな……？」

蛍は目元を手で覆った。

そんな彼女にそっと寄り添うように、背中を照らすアンティークライト。

「もう、わかんない……。いつも話をしているはずなのに、全然あの子と話ができない。いまの私を花がどう思ってるのかわからない。……花に会いたい」

「……」

矢庭に、乃亜と過ごした日々を業は思い出した。

VTuber界隈《かいわい》では、推しとファンの距離の取り方がとりわけ難しい。

ファンから見た推し、という視点だけではない。

VTuberにとっても、ファンを近い存在として認知しがちだ。

ファンの姿がよく見えるからこそ、その一人一人がちゃんと自分を追っているのか、不安をおぼえやすくもなる。乃亜も時折そんな思いを吐き出していた。

そのとき、自分は何を伝えていた？

どこで、どんなふうに？

業はその気持ちを代弁するように言う。

「花も、白虎《びゃっこ》燐香がなにを思っているのかわからないですよ」

「え……？」

「わからないから、会いに行くんだ」

蛍は戸惑い、玄関から家の二階を見上げた。

そこにはほんのりと灯《あか》りがこぼれる窓がある。花がそこにいるのだ。

「乃亜も」業は少しだけラインを越えてみた。「乃亜ちゃんも、会いたがってますか？」

次元が違うからこそ近く感じることがある。

それがVTuberの良さであり、

「うん。絶対に会いたがってるよ。カルゴくんに」

だからこそ好きになったのだ、この世界を。

8

「カルゴくん、か……」

突然のノア友の登場で、ふいに当時のことが鮮明にフラッシュバックする。

夢叶《むかなえ》乃亜との出会いはそう、デビューから一年が経《た》った頃だろうか。

いまほど【Vらんぶる】はVTuber勢力図の中でも強くなく、白虎燐香のファンも飛び抜けて多いというほどではなかった。

乃亜もVTuber活動をはじめたのはライブ配信アプリからだ。

個人勢として注目を集め、乃亜は【星ヶ丘ハイスクール】で再デビューした。

乃亜とは【Vらんぶる】×【星ヶ丘ハイスクール】の大型コラボ企画――たしか、年末特番だ。そこではじめて絡《から》んだ。アイドルグループの星ヶ丘とエンタメごった煮のぶいらんとでは活動方針も異なるが、乃亜と燐香はすぐ通じ合った――。

「乃亜ちゃんおつかれさま。……そして、ごめん！」

記念すべき第一声は謝罪だった。

「私、乃亜ちゃんのネタ拾い切れてなかったよねっ……」

コラボ配信後、Discordの専用チャンネルにいる乃亜を見つけ、燐香から声をかけた。

一方で、乃亜の声は歓喜の色に満ちていた。

『あ～燐香ちゃん～～！』

年越し二時間に及ぶ配信の後でも、乃亜は底抜けに明るかった。

『初手からごめんはやめよう。燐香ちゃん、超よかったよ』

「でも私、緊張であがっちゃって……」

その頃は星ヶ丘ハイスクールのほうが注目株。

燐香はそのグループの中心にいる乃亜を格上と認識していた。

「何を話していたかも覚えてないし、振り返ると、乃亜ちゃんの話のあれもこれもスルーしてたかも……って不安になってきて」

『待んた！』

「ま、マンタ？」

『まず今日から〝ちゃん〟はやめよう。燐香』

唐突に呼び捨てられ、燐香は戸惑った。

「いきなり呼び捨てはちょっととっ」

『え～？　そんなこと言って～。燐香もうれしいでしょ。ほら、わたしのこと、乃亜って呼んでみて呼んでみて？』

「の、乃亜……」

『あぁ～ん！　いいねいいね。これでもうわたしたちは何でも言い合える親友ね？』

燐香はドキドキさせられた。これほど人を惹《ひ》きつける人間には出会ったことがない。

天性のアイドル。それが乃亜に対する印象だ。

『それでなになに？　コラボがうまくできなかったって？』

「うん。乃亜ちゃ……乃亜は、いっぱいネタ振りしてくれたのに」

『そうかな？　コラボは大成功だったよ？』

「そんなことない。同接も玲《れい》ちゃんと桜奈《おうな》のほうが盛り上がってた」

年末コラボ企画は星ヶ丘ハイスクールから一人、Vらんぶるから一人、それぞれコラボ配信をはじめ、年が明けるまで性癖を語り合うというものだ。

一番人気だったペアは、報光寺《ほうこうじ》玲×青龍《せいりゅう》桜奈のコンビだ。

『なーに言ってんの。数字なんてどうでもよしだよ』

意気軒昂《いきけんこう》に告げる夢叶乃亜。

燐香は戸惑った。

ぶいらんでは打ち合わせの段階で、各自の同接目標を掲げていた。

乃亜×燐香のコラボ配信は未達成。乃亜という絶大な広告塔もあって、背伸びした目標だったが、未達は未達だ。

足を引っ張ったのは自分だと燐香は省察していた。

星ヶ丘はノルマがきつくないのだろうか。あるいは、大手の余裕？

乃亜は続けた。

『配信がどう転んだって、あの時間を一緒に過ごしたのは燐香とわたし、それからリスナーさんだけ。それはこれから先もずっと変わらないし、大切な思い出の一つだよ。燐香とわたし、ファンの皆であの配信をつくった。それが面白くなかったなんて嘘《うそ》だよ』

「ファンの皆で……配信をつくった？」

『それがVTuberってなもんでしょ。楽しんだらそれで勝ち！　ね？』

「そう、なのかな」

『そうだよっ！　わたしたちが楽しまなかったら、大切な思い出を台無しにしちゃう。同接がなに？　そんなことで負けちゃダメ。――どう？　燐香は楽しんでる？』

燐香は超新星アイドルの威風に気圧《けお》されていた。

わたしはわたし。わたしの信念は曲げない。この自信が、ひとを惹きつけるのだ。

その日は時間を忘れ、乃亜と夜明けまで語らった。

『あ、それから――』最後に乃亜《のあ》は秘密を持ち寄るときのように笑って言う。『今日のコラボはわたし史上、最高の思い出になったよ』

「ほんと？　どうして？」

『だって燐香と親友になれたもん』

あの夜のときめきを、いまでも忘れられない。

以来、夢叶乃亜から受け継いだVTuberとは何たるか、という概念が白虎燐香の心底に根づいて、数字も自然とついてきた。

燐香が【Vらんぶる】を引っ張り続けてこられたのも、元を辿《たど》れば乃亜のおかげなのだ。

――その夢叶乃亜はもういない。

彼女は大炎上の果てに引退せざるをえなくなった。

VTuberとはなんだろう、と蛍《ほたる》は考える。ガワを着て、キャラクターのように演じているけれども、魂がいて自我があって、その自我も含めて推される存在。

どれだけ愛されても――チャンネル登録にフォロー、いいねとリツイート、リプライからファンレターに至るまで、その宛先は【白虎燐香】であって自分ではない。

魂はどこまでも影の存在であり、黒子《くろこ》だ。

表に出れば人間らしい内面を審査され、糾弾される。業界のライバルだけでなく、箱の仲間や親愛なるファンですら、ときには敵に回り、大切な思い出を汚《けが》される。

実際に夢叶乃亜が大切にしてきたものはどうだった？　そのファンは？

すべて踏み躙《にじ》られた。

ならば白虎燐香が受け継いだものを綺麗《きれい》なまま遺《のこ》す。

それが親友への恩返しだ。

そうして蛍はグループ全体の活動に忙殺されるうち、自分が何者かも見失い、気づけば唯一自分を〝影山蛍《かげやま》〟と認めていた妹にさえ理解されなくなっていた。

その時点で自分はもう、燐香ではなくなっていたのだ。

喰代《ほおじろ》ダフの配信から復帰していくストーリーを計画していたが、それ以前に、復帰する自分が何者かさえわからない。

——もう諦めたほうがいいのか。

そう思ったとき、スマホから通知が鳴る。

見てみると、DiscordのＤＭからの通知で、送り主は最近ぶいらんに加入してきたばかりの稀林《まれりん》アミィからだった。

○稀林アミィ　2022/09/17 18:51
りんか先輩っ、失礼しますっ！

急ですみませんが、アタシのお友達のお話を聞いてもらえないっすか⁉

VTuberの女の子なんすけど、助けたい子がいるそうです！　お忙しいところだと思いますけど、どうか……！


蛍は訳もわからず、そのメッセージを読み返していた。

助けたい子がいる。その文言に庇護《ひご》欲を駆り立てられる。

もし最期《さいご》にできることがあるとすれば、それは後に続くVTuberに寄り添い、彼らなりの道を描かせ、背中を押してあげることだ。

○白虎燐香《りんか》　2022/09/17 18:59
アミィちゃんお疲れさま☕
お話だいじょうぶです。女の子って、ぶいらんの子？
○稀林アミィ　2022/09/17 19:00
いえ、個人勢っす！

ノア友だと伝えてほしいって言ってました！w

○白虎燐香　2022/09/17 19:11

つないでいいよ

9

買い物をすませ、業《ごう》は家に帰った。

必要な作業をひととおり済ませてから、業は武将がごとき闘志を宿しつつ、リビングの床にどかりと腰を下ろす。

「来ますかね？」

隣で行儀よく坐《すわ》る海那《みな》が言う。

「説得に時間がかかったが、おれの部屋には興味があるようだ。たぶん、来るだろ」

「む……。なんだか下心を感じますね」

「大丈夫だ、ミーナ。今日の冷蔵庫にはデザートが入っていない」

「杏仁豆腐《あんにんどうふ》、まだ気にしてたんですか……」

この家にはたびたびゲストが訪れる。

海那もその一人だったが、いつしか客を迎える側に回っていた。それを誇らしく思うこともあれば、不安を感じることもある。

とくに今日は海那にとっても大仕事だ。

チャイムが鳴り、業が立ち上がる。

「きたか――」

玄関で出迎えると、艶やかな濡羽色《ぬればいろ》の髪の少女が入ってきた。

「こんなアパートに一人で暮らしてるのね」

部屋に入るやいなや、花《はな》は興味深そうに玄関の隅々を見回す。

うらびれたアパートの一室には、花の妖艶《ようえん》さは似つかわしくなかった。

なんと言っても私服姿の花は気品に富み、大人びた雰囲気がある。

ロングのプリーツスカートにハイヒール。リネンのシャツにショールをかけ、まるで公園デートに挑まんという気風だ。

おそらく服装選びに一時間はかけたことだろう。

部屋のほうから海那はライバルの様子をまじまじと観察していた。そのちらちらとした視線に花も気づき、海那と目が合う。

「なんでほかの子もいるのよ……」

「こーんにちはっ」海那はいまだと意を決し、敵の懐《ふところ》に飛び込んだ。陽《ひ》だまりのように明るい笑顔を向け、先住としての余裕を見せつける。

「彼女はミーナ。おれと同じノア友だ」

業が手短に海那を紹介する。

「小鴉《こがらす》海那です。ミーナって呼んでください。お会いできて光栄です」

海那の表情はにこやかだが、どこか敵意を孕《はら》んでいるようにも見えた。

「ミーナがいたらいけなかったか？」

「ふん……。別に」

花は不満げな様子だが、愛想《あいそ》よく微笑《ほほえ》む。

その朗らかな目の奥から、さっそく花のほうも敵情視察をはじめていた。

海那の服装は白のインナーシャツとクリーム色の膝丈スカート。その上にデニムジャケットを着て、このシーズンには程よい季節感がある。

淡い金髪と黒のベルトのアクセントが高級感を醸《かも》し出していた。——自分の見せ方をよくわかっている。

花はひそかに感心した。

きっと舞台映えもするだろう。

「影山花よ。……同級生よね？　敬語はいらないわ。よろしく」

そうして握手を交わす二人。ぶつかった視線に電撃が走る。光と影。西と東。どこまでも対照的な二人だ。業はそれを我関せずと眺めていた。

花を部屋に通してからも少し時間があった。

「ちょっと……カルゴくん？」

花は戸惑いながら居間の様子を眺める。

テーブルにはふんだんに盛り付けられた料理があった。

オードブル式にしつらえられた豪勢な食卓。他にもパーティーサイズの菓子袋やジュースなどが置かれ、今日の目的地はここだと言わんばかりの大判振る舞いだ。

「今日はお姉ちゃんの仕事を見に行くって約束じゃなかった？」

「そうだ。その現場がここだ」

「え……？」

花は部屋の壁に不自然に取り付けられた大型モニターを見やる。

「まさか、ここで配信でも見せられるってこと？」

「いいや、そうじゃない」

「そうじゃなかったら何なのよ？　お姉ちゃんだってここにはいないし、このモニターも露骨すぎるわ。まさに配信がはじまるって雰囲気じゃない。……やめてよ。またVTuber

を見せられるくらいなら、私は帰るわ」

「待っていればわかる」

「……」

花は困惑して立ち尽くしていた。

業はそんな花をなだめつつ、座布団《ざぶとん》に座らせる。

そして食事を促した。

「今日はあんたがゲストだ。身構えずに楽しんでくれたらいい。それに、ミーナは料理がうまいんだ。食べながら今日というイベントを楽しもう」

けれども海那と花の間にはどこか張り詰めた空気が漂っていた。

部屋の壁には大型モニターをあるが、テレビを見るような気分でもない。

時刻は午後一時三十分。

三人は親睦を図るでもなく、料理に舌鼓《したつづみ》を打った。

「…………」

「……」

無言の時間に耐えかね、花は箸を置く。

テーブルの反対側にいる海那は、緊張感を漂わせながら業に身を寄せていた。

まるでこれから舞台に上がる役者のような目つきだ。

「ところで——」花は口火を切る。「ミーナさんはちょっとばかりカルゴくんにくっつきすぎじゃないかしら」

「え、そうですか？」

海那はしれっと答えた。

「私の坐ってる場所、隙間風が通るみたいで寒いのよね。場所変わってくれないかしら」

花がショールを羽織り直した。

「わたしもちょっと肌寒くて」海那はさらに業に寄る。

「デニムのジャケットを着ていても？」

「冷え性なので」

「お茶を温かいものに変えたら？」

「そこまでではないですよ。それにカルゴさんは体温が高めなので、ホッカイロになってくれます」

「ずいぶん親密な関係なのね」

「いつも隣にいますから」

「私はいつも隣の席にいる」

「家ではわたしが隣ですよ」

「一緒に暮らしているわけじゃないでしょ？」

「合鍵を持ってますし」

「私は授業ノートを共有した」

「わたしはお弁当を共有してます」

「移動教室はいつも一緒」

「朝の通学はいつも一緒です」

言葉のドッジボールがはじまっていた。

二人が言葉を交わすほど、険悪な雰囲気が漂っていく。張り合うにつれて海那と花が業に詰め寄るため、三人が坐る位置は歪《いびつ》に偏った。

業はただ、早く時が過ぎることを願っていた。

午後二時になり、約束の時間ぴったりに海那のiPhoneが鳴った。

「時間です！」

海那は待ってましたとばかりに、すっくと立ち上がる。

とんとんと軽やかに居間を出て行き、脱衣所に入ってぴしゃりと扉を閉めた。

花は訝《いぶか》しんだ表情でいた。

いったい、なにをはじめるというのだろう。

少しすると大型モニターがぱっと映る。そこにはポップなデザインの画像が映し出されていて、直後にはＢＧＭも流れた。

軽快な曲調と映し出された画面のアニメーションはハンドメイドではあるものの、何かしらの催しがはじまる期待感を花は感じはじめた。

「どういうこと――」

花が業に訊《たず》ねかけたそのとき、画面は切り替わり、一人のVTuberが現《あら》われた。

怪しげな蒼《あお》のフードに波模様の刺繍《ししゅう》。白銀の髪と深紅色の瞳。

花がはじめて見るVTuberだった。

『あ、あ～、こほんこほん。わたしの声が聞こえますか～？』

突然、そのVTuberが喋《しゃべ》り出した。

小鴉海那の声だった。

「なによこれ。さっきのミーナっていう子の声じゃない。結局、ただVTuberの配信を見せたかっただけ？」

花は呆《あき》れたように溜《た》め息をつく。

『あ、またわたし、誰かと勘違いされてませんか⁉』

「うん？」

『はい、そこの黒髪の子！　こっちはまだ自己紹介もしてませんからね！』

そのVTuberは首や目線を動かして居間の様子を見ていた。

花が目配せすると業《ごう》は肩をすくめた。

「あぁなるほど、すぐそこで中継してるってわけね？」

『ピンポーン。正解です。いま、わたしはバーチャルの世界からモニターを通してあなたにお話をしています。――どうやら音声は問題なさそうですね』

花は余裕ぶった態度でいたが、その実、こうして〝VTuber〟なる存在とリアルタイムで喋ることは初体験だった。

『今日はこのわたし、水闇《みずやみ》ガーネットがイベントの進行を務めまーす』

「名前、なんだか呼びにくいわね」

『呼び方は水闇ちゃんでもガッちゃんでもいいですよ』

「じゃあ、お水ちゃんで」

花はからかうように言う。

『なんですか、その略し方！』

「だって脱衣所で喋ってるんでしょう。水場が好きなのかと思って」

『失礼な子ですねっ！　たしかに洗濯機の上で配信するかたもいるそうですが、わたしはちゃんとここにいて、モニターからあなたとお話ししています。で、そんな失礼なあなたのお名前は？』

「花《はな》よ」

『それなら、あだ名はフラワーちゃんですね』

したり顔を向ける白銀髪の水先案内人。

「あだ名のほうが逆に長いじゃない……」

『ふっふっふ、お返しです』

突如現われたVTuber水闇ガーネットはさっそく花と打ち解け合い、部屋の空気を和らげてくれた。

『そんなフラワーちゃんと推しのわたしを愛してやまないカルゴさん、今日のイベントに来てくれてありがとうございま〜すっ』

「愛してやまない？」

花は眉をひそめ、業のほうを見やる。

「彼女はおれの推しだ」

花は、本気なの……と唖然《あぜん》としていた。

知れば知るほど、業と海那《みな》の関係がわからなくなり、花は困惑した。それにしても――と花は冷静に、海那の小芝居に感心した。

生身の姿では大人しい印象だったが、VTuberとなるとまた性格が違う。演劇という目線で見ると、花はこの茶番が楽しくなってきた。しかも、こちらの役者は第四の壁を越え、コミュニケーションまで取れるのだ。

「それで、お水ちゃんはどんなイベントを開いてくれるのかしら」

『よくぞ聞いてくれましたっ！』ガーネットが自信に満ちた顔で語る。『今日は二人だけのおしゃべりフェスティバルです。時間はなんと、たっぷり十五分！』

すごいでしょう、と意気込んで話すガーネット。

花は怪訝《けげん》そうに目を細めた。

「たっぷり十五分って……。もうずいぶんいろいろ喋った気がするけど？」

『お相手はわたしじゃありませんよ』

ガーネットは毅然《きぜん》と言う。

「え――」

まさかと思い、花は身構える。

『それではここで特別ゲストのVTuberさんをお呼びしましょう～！　きっとお二人とも

驚かれること間違いなしです。なんてったってVTuberファンには馴染《なじ》み深い、かのレジェンドをお呼びしてるんですからね！　さぁどうぞ～！』

待ったなしで、ガーネットはそのVTuberを呼び寄せた。

画面が暗転したあと、羅紗《らしゃ》の幕が上がるようにカーテンがスライドした。

水闇ガーネットに替わり、虎柄の漢服を着たVTuberが現われた。

ボリュームある髪を一房に束ねてサイドテールにし、背中に薙刀《なぎなた》のようなものを背負った、武将めいた勇ましさのある少女だった。

『こんとら～！　Vらんぶる所属、四神ユニットの虎担当、白虎燐香《びゃっこりんかー》です』

「……」

花は驚いて言葉を失う。

その声はまぎれもなく蛍《ほたる》のものだった。

──ああ、と業も反応した。

この姿、この声は、かつて追いかけた推しのそばで、ともに楽しませてくれたVTuberのものだ。実際に話したことがある影山《かげやま》蛍のそれとも違う。

白虎燐香はいまここで一時だけの復活を遂げていた。

天の声よろしく、姿なきガーネットの進行が続く。

『では、いいですか？　泣いても笑ってもお時間は十五分です。燐香さんには次の予定もあるんですからね。それではじめますっ』

ガーネットがそう宣言すると、時を刻むタイマーが現われた。

場の雰囲気にそぐわない高らかなラッパのような音が流れると、十五分からカウントダウンがはじまった。

「……」

花は金縛りにあったように動かない。

心なしか、花の瞳が小刻みに揺れ、動揺していた。

白虎燐香はバストアップの姿でモニターに映されているが、花にどう声をかけるべきか決めあぐねている様子だ。

けれどタイマーは虚《むな》しく時を刻んでいる。

『……やっと会えたね～。フラワーちゃん、だったかな。こうしてお話しするのははじめてだよね？　緊張してる？』

「う……」

『うんうん。突然びっくりだよね。大丈夫。ゆっくりお話ししよう？』

燐香は花からゆっくり言葉を引き出そうとしていた。

きっと、燐香はこんなイベントを山ほど繰り返してきたはずだ。

彼女は大手Vらんぶるの古参VTuberだ。酸《す》いも甘いも経験した彼女は、おしゃべりイベントで、推しとの対面に緊張して喋れなくなったファンの相手もしてきただろう。

決められた時間の中の会話誘導も手慣れているはずだ。

だが業から見て、そんな燐香でもこの状況に手を焼いているように感じられた。

なぜなら、いま相手にしている〝ファン〟はほかの誰でもない、燐香にとってもかけがえのない一人。

決して無下にできないリスナーの一人だから。

『フラワーちゃんは、ほかにVTuberさんって見たことある？』

「……」

『普段はどんなものを見たりしてるのかな？』

「……」

『じゃあさ、好きなジャンルとかある？　最近夢中なものを教えてくれないかな』

花は固まって答えない。

残り時間はあっという間に十分を切った。

花は伏し目がちのまま、この有限の時間を無為に過ごしている。

定型な質問では駄目だと考えた燐香は少し沈黙を置き、それから何か思いついたのかまた話題を振った。

『――私のことはどこで知ったの？　見てくれてたんだよね、ずっと』

「……お」

『お？』

「お姉ちゃん……。私の、お姉ちゃんよ」

『……うん。そっか。じゃあ、フラワーちゃんのお姉ちゃんに感謝しないとね。こうやってフラワーちゃんと出会えたのは、お姉ちゃんのおかげなんだもんね』

「……っ……」

花はほんの小さく嗚咽《おえつ》した。

そこに花の想《おも》いが込められていた。

業の部屋にきたとき、もしまたVTuberの配信を見せられたなら、憎しみが湧いてくるものと花は思っていた。

けれど、いまは不思議と別の感情で満たされていた。

花はVTuberと対話するのははじめてだ。

そもそもVTuberと一対一で話す機会があるとは夢にも思っていなかった。

VTuberはいつも一対多数で雑談ばかりして、そんな彼女たちに想いを伝える場面など、あるわけがないと考えていたのだ。

時間は残り六分を切った。

「ええ……。お姉ちゃんにはずっと感謝してたわ」抑えきれず、花は涙を流す。「それを伝える機会すらなかった……。お姉ちゃんはずっと働き詰めで私を支えてくれた。頑張ってる姿もずっと見てたわ」

花がハンカチで目元を拭う。

「そう、ずっと燐香のことが好きだった、私……。ほかのVTuberなんて知らないし、興味もないっ……。ただ頑張ってるお姉ちゃんの姿を見て、私も頑張らなきゃって思ってた。だから白虎燐香だけを応援してたのに……」

『そっか。ありがとう……。フラワーちゃんの応援、ちゃんと届いてたよ』

燐香もいつしか涙声になっていた。

その声は気丈にも優しい声音のままだ。

「それなのに、いなくなって寂しかった。お姉ちゃんは燐香でいてよっ。ほかで埋め合わせなんてできない。輝いてるお姉ちゃんを、私は見ていたかったの……！」

『……』

燐香は複雑そうに黙りこくっていた。

隣で聞いていた業もまた、感傷的な気分に浸っていた。

願わくば、燐香のようにこうして推しが復活を遂げ、ほんの少しでいい。想いを伝える機会が訪れないかと渇望《かつぼう》した。

『ありがとう、フラワーちゃん』

タイマーの時間はもう残り三分だ。

『私も本当のことを言うと、燐香で居続けることに不安とか戸惑いも感じて、ずっと活動再開できなかったの。でも、フラワーちゃんみたいに真剣に向き合ってくれる子がいることがわかって、今日はいっぱい勇気をもらえたよ』

「だったら——」花が追及する。

『うん。いつかちゃんとした形で戻ってくるから。それまでに私も活動を楽しめるようにパワーを溜《た》めるねっ！　だからフラワーちゃんも約束だよ』

「約束……って？」

『私以外のVTuberさんのこともちゃんと認めること。それが約束』

「……」

花はその場でくずおれる。

『約束、できる?』

「うん、わかった……。わかったわ」

花はこくこくと頷《うなず》き、燐香は満足したように笑顔を見せた。

海那《みな》はそんな二人のやりとりを脱衣所に設置したノートパソコンから眺め、ほっと胸を撫《な》で下ろしていた。

これで影山姉妹のすれ違いは解消されたことだろう。

その上、活動休止したまま、引退しかけていた燐香のことも救えたはずだ。

そこでタイマーがゼロに近づき、もう残り僅かで終了を告げなければならないことに気がついた。

進行役に戻らなければ、とヘッドセットを準備する。

「ずっと待ってる。私もそれまでは別のVTuberを見ておくわ」

『うん。待っててね』燐香はそう言うと、時間を見計らって閉めくくった。『それじゃあまたね、フラワーちゃん。——別の私のことも応援してあげてね』

そこでタイマーがゼロになる。

事前に設定してあったように暗幕が下り、燐香は退場となった。

「ん……？」

海那は燐香の最後の言葉が気になった。

――別の私のことも応援してあげて？


事前の打ち合わせではそんな話は出なかった。

大画面モニターが放置されていることを思い出した海那は、慌ててラッパの効果音を鳴らして水闇《みずやみ》ガーネットとして再登場した。

『は、はーい！　それではお時間終了となりました。どうでしたか？　推しとお話ができて楽しかったですかね？』

「……ええ。こんなイベントの形があるなんて知らなかったわ」

『ご満足いただけたようでよかったです！　ガーネットちゃんはいつでも迷えるVTuberさん、リスナーさんの味方ですからねっ。これからもよろしくお願いします。ではでは～。ご来場ありがとうございました～！』

海那はイベントを締めくくりつつ、燐香の言葉が引っかかっていた。

ふう、と息を吐いたあと、その真意を探ろうと隣を見やる。蛍は赤く腫らした目にハンカチを当て、ただただ泣いていた。

「あの～……蛍さん……？」

「うん……？　あ、ごめんなさい」

蛍《ほたる》は余韻に浸っていて、まだ話ができそうもなかった。

これには海那も配慮が足りなかったと反省した。気になりながらも、さすがに脱衣所という閉鎖空間で二人の人間が居続けるのは息苦しさを覚える。

十五分という時間は、正直に言えば、海那と蛍の耐久時間でしかなかった。

海那が先に出て、居間の様子を窺《うかが》う。

そこには蛍と同じように赤く目を腫らす花《はな》が待っていた。二人の思いが通じ合ったことを確認してから、生身の姉妹二人がご対面というわけだ。

業《ごう》は相変わらず涼しい顔をしていた。

海那はそんな彼のもとに近づき、アイコンタクトを取る。

「うまくいきましたね？」

「ああ。作戦成功だ」

にこりと微笑《ほほえ》む海那。

「おしゃべりイベントなんて、よく思いつきましたね」

「……」業は記憶を辿《たど》るように言う。「Vは普段から配信やSNSを使って双方向でやりとりできる良さがある。──が、本音で語れる場はそうないんだ。あの姉妹は、VTuberとそのファンとして会話する必要があった。それを叶《かな》える場がこれだ」

その語り口は、すっかり愛が強いオタクのそれに戻っていた。

「実は、わたしもこのイベントは初めてです」

「そうだったのか？」

「はい。リアルイベントに参加したのは、あのライブだけです」

「……それなのに、よくMCを引き受けてくれたな」

「みんなの希望の光ですからっ」

海那は得意げに両手を腰に当てた。

それを見た業も観念したように短く息をつく。

「おれも……VTuber好きの、ただのオタクだ」

「そうですよ、カルゴさん。やっと気づいたんですか？」

海那も華やいだ気分になる。

そのとき、脱衣所から蛍が出てきた。

気を落ち着かせたようたが、それでも居間にいる花を見つけ、また感情がこみ上げてきたようだった。

「花……っ」と、とたんに堪《こら》えていたものが溢《あふ》れたように、蛍は妹に抱きつく。

「お、お姉ちゃん!?」

「ごめんね……っ！　寂しかったよね。私ももっと、頑張るから……っ！」

蛍は人目を憚《はばか》らず、ひくひくと涙ながらに思いを伝えた。

「お姉ちゃん……もう、そんなに頑張らないでよ……」

花は困ったように眉をひそめ、優しくその背をぽんぽんと叩《たた》いている。どちらが姉なのかわからなくなりそうだ。

花が続ける。

「ダフとしてのお姉ちゃんも応援するから」

背中を叩き、そう姉を諭す花。

その言葉に海那は衝撃を受けていた。

「え!?」

海那が叫ぶ。

「ダフさんの魂の正体って……っ！」

「ミーナ。いまはそれに触れるべきじゃない」

業は蛍と花を気遣って海那をたしなめた。

「で、でも……。え、う……ごめんなさい」

蛍は海那のほうに向いて頭を下げた。

「いえ、謝るのは私のほう。迷惑をかけたみたいだし——私が、喰代《ほおじろ》ダフの魂です」

毅然《きぜん》とそう告げる蛍に業は追及を重ねた。

「いったいどういうことなんですか？」

「知ってるかもしれないけど、私は昔、役者志望だったの。いまはもうそっちを諦めて、この業界にどっぷり漬かってるんだけどね。——だから、ある程度なら声も変えられるんだ。こんなふうに」

突然、蛍の声がダフのそれに変わった。

海那は鳥肌が立った。

声帯カメレオン。噂《うわさ》に聞いたことはあるが、本物に遭遇して仰天した。

「なるほど。蛍さんは男の声も演じられると」

「うん。ぶいらんのマネージャーもそれを知って〝それはユニークだね〟って——」

蛍は溜め息をつく。

「最初は、ほんの冗談みたいな企画だった。ぶいらん一期生の清楚枠、白虎燐香《びゃっこりんか》が横暴な男性VTuberに変身したら、リスナーをあっと驚かせてバズるんじゃないかって」

「それで休止から復帰するとき、リスタートが切れると？」

業がその意図を問う。

「ぶいらんがやりそうなことでしょ……？」

蛍は力なくささやいた。

まるで罪悪感でも抱えているかのように。

アミィが話したダフの配信からの燐香復帰ストーリーは、このことだったのだ。差し詰め、人気になりすぎて嘘《うそ》を貫かなければならない状況に追い込まれていたのだろう。

「私もあの炎上のとき、お姉ちゃんがダフの中の人だって気づいたの」

花もそう付け加えた。

海那は待つに待たれず、つい結論を急いで口を挟んだ。

「じゃあ、あの配信の切り忘れで現《あら》われた女性というのは……」

「あはは……。もちろん、私」蛍は明朗に答える。「ダフも、疑惑の女性も、どっちも私なの」

「本当にそんなことが……?」

海那はふと冷静になり、喰代ダフの活動期間を振り返る。

燐香が炎上して休止したのは九ヶ月前の十二月。

喰代ダフがデビューしたのは半年前の三月。時期はぴったりだ。

影山《かげやま》蛍という魂はこの半年間、ずっと男性のガワをまとい、誰にも気づかれることなく男性VTuberとして女性ファンを惹《ひ》きつけてきたというのか。

七十万人のダフナー全員を騙《だま》して?

そんなことが可能だろうか。

器用どころか擬態の域ではないか。

この大人しそうな蛍の異常な才覚に気づき、海那は鳥肌が止まらなかった。

「私は昔からうっかりなところがあって――よく花にも心配をかけるんだけど、あの日もうっかり配信を切り忘れて、つい素の声で独り言を……」

海那はそのフレーズで思い出す。

――〝ちょっと天然でうっかりな人だからね〟アミィもそう言っていた。

「こんなこと、もしダフナーが知ったら……」海那は恐る恐るつぶやく。

「それこそ大炎上だな」

業は顔色を変えず、未来を予言した。

彼女――彼のファン〝ダフナー〟は女性が多く、その推し活のスタンスは圧倒的に同担拒否のリアコ担当ばかり。

推しへの独占欲が強い彼女たちは、恋する相手の正体が女性だと気づいたとしても、まだガチ恋を続けられるだろうか。

「これは本当の本当に企業秘密。だから黙っててほしいの。お願い……」

「話をしたのはおれたちを信じたってことですか？」

「絶対的に信用してる」

蛍はすぱっと断言した。

「どうしてまた？」

「乃亜《のあ》推しカルゴくんだから。私と同じ、ノア友だから」

業は瞑目《めいもく》して上を向いた。

この頑固さはどうすることもできなさそうだ。ぴんと張っていた背筋を弛緩《しかん》させる業。

そして一言。

「別に話す相手もいない」

蛍は緊張の糸が切れたように息を吐きながらお礼を言う。

「よかった。ありがとう……。本当にありがとね」

海那《みな》はあっけにとられていた。

喰代ダフの騒動はとある女性のうっかりミス。

——となると、あの炎上で振り回されたダフナーがいたたまれない。真実はこのまま闇に葬《ほうむ》ったほうがよさそうだ。

だが、まだ気になっていることがある。

蛍はこれから燐香とダフの二刀流でVTuberをやるということなのか——。

その気がかりは業の横顔を見て泡沫《ほうまつ》のように消えた。

「カルゴさん、なんだか嬉《うれ》しそうですね？」

「そうかもな」

理由は訊《き》くまでもなかった。

白虎燐香に再起の機運を感じ取り、届かない思いが少し報われたのかもしれない。

10

業は放課後、秋涼の気がただよう暮れの景色に埋もれながら、ぽつねんと一人、二年A組の教室にいた。

文化祭が近づき、文化系の部活は各々《おのおの》準備に奔走している。

業《ごう》もクラスの出し物の準備に精を出し、一人で居残り作業をしていた。

文化祭当日に何の役割も担《にな》いたくないからだ。そもそも休日に学校へ行こうなど、正気の沙汰とは思えなかった。

その免罪符を、いまからせっせと用意しているというわけだ。

――ふいに遠くからあの快活な声がこだました。

例の練習風景が恋しくなった業はきりのいいところで作業を止《や》め、演劇部がいる第二体育館へ向かうことにした。

しかし、少し遅かったようだ。

ちょうど練習を終えた演劇部がジャージ姿で出てきて、雑談に興じたり更衣室へ向かったりと、愉快活発なままに解散の流れを取っていた。

業とは別の世界に生きる、陽の者たちだ。

「カルゴくんっ」

中でも強烈な輝きを放つ女――花《はな》が業を目に留めるや否《いな》や、声をかけてきた。

業は両手で目を覆う。

「どうしてそんなに怯《おび》えてるのよ……」

ジャージ姿の花がジト目を向けた。

「花とは生きる世界が違うんだと感じた」

「それはこっちの科白《せりふ》なんだけど」

花はいじらしそうに業の顔を覗《のぞ》き込む。

その表情からはすっかり毒気が抜け、迷いのない想《おも》いを瞳に宿していた。

いつか見せられたアルバムの蛍《ほたる》と同じ眼《め》だ。

「今日は、先約は？」

ふと花が尋ねる。

「とくに何も」

「そう。だったら今晩はこれを見ること」

言って、花はポケットからスマホを取り出し、YouTubeの画面を開いた。

そこには【Vらんぶる】グループのコラボ配信の待機画面が映されている。あの人気の某パーティーゲームを四人ほどのVTuberが遊ぶらしい。

「絶対見るのよ。明日、感想を聞くからね」

「蛍さんが絡《から》んでるのか？」

「当たり前じゃない」

花は約束よ、と告げて颯爽《さっそう》と演劇部の輪に戻っていった。

と思いきや、また小走りでやってきて緊張感をただよわせながら業に近づいた。

「忘れてた。手、出して」

「なんでだ？」

「いいから」

業が訝《いぶか》しげに手を差し出すと、花は強引に引っ摑《つか》み、その手に薄い紙を握らせた。

恐る恐る手中のものを検《あらた》める業。そこには【ＶＩＰ招待チケット】と書かれた紙があった。かわいげのある丸い字体で、王女とガチョウ、馬のイラストまで添えられている。

「なんだこれ」

「最前列のチケット」

「……文化祭のか？」

「それ以外に何があるのよ」

業は顔にこそ出さなかったが、内心動揺していた。

「カルゴくんって演劇に興味があるんでしょ？」

「……？　どうしてそう思う」

「そういう噂が流れてるから」

一ヶ月にも満たない学校生活を振り返り、業は頭痛がした。

「当日は体調が悪いかもしれない」

「は？　来週の体調がどうしていまからわかるのよ？」

「季節の変わり目だからな」

業は勢いまかせに口上を並べるほかなかった。

花もそれに気づき、ジト目を向け、今度は逃がすまいと防衛戦を布く。

「VIPチケットはまだ四枚あるの」花はひらひらとチケットをはためかせる。「これは誰に渡そうかしら〜」

「友達にでも渡せばいいだろ」

「実を言うと私、そんなに友達多くないのよ。唯一って子は部活内だしね」

花はちらりと目配せした。

その先にあの照明係のミーハー女子がいる。

「あっ、そうだわ」花は下手《へた》な芝居を打つ。「せっかくだし、ミーナさんも招待しようかしら。あのときはお世話になったし、こないだLINEも交換したのよね」

「い、いつのまに……」

「じゃあ、絶対に応援に来るのよ」花は耳打ちする。「得意でしょ？」

「はぁ……」

休日返上の覚悟を決める業。

そうして花は演劇部の輪の中に戻っていく。

演劇部の連中が「誰？　男？」と騒いでいたが、花は相手にせず、和気藹々《わきあいあい》とした会話に混ざりながらスマホをポケットにしまった。

そこからストラップが仕舞いきれずに飛び出して、先端では白い虎の少女が楽しそうに揺れていた。

LIVE!

Case.5

張り子の白い虎

水闇ガーネット

身長　155cm
誕生日　2月27日
趣味　VTuber助け
好きなもの　船
特技　早起き

MIZUYAMI
GARNET

Free

#garnetlive #mizuyami　@garnet

Case.5 -張り子の白い虎-

1

蛍《ほたる》はバスの窓にもたれかかっていた。陰鬱とした気持ちを振り落とせやしないかと、首を振って考えを巡らせる。

頭に浮かんだのは【Vらんぶる】の所属VTuberたち六十四人の顔ぶれ。

彼らの安泰のため、自分にできることはなんでもやってきた。人気絶頂の〝喰代《ほおじろ》ダフ〟だってどんな手を使っても守ってきたのだ。

それが間違いだったとは思っていない。

けれど、そのやり方はどうだろう？　もう少し自分に甲斐性《かいしょう》があれば、こんな空回りはしなかったかもしれない。

〝輝いてるお姉ちゃんを、私は見ていたかったの……！〟

あんなふうに誰かを悲しませることもなかった。

妹に〝ちゃんとした形で戻る〟と約束したいま、蛍は自分自身と向き合わなければならない。不退転の覚悟で、Vらんぶるの事務所へ向かっていた。

スマホにつけたストラップを握り締める。

妹とお揃《そろ》いでつけることにした、白虎燐香《びゃっこりんか》のミニフィギュアストラップ。

蛍はそれを握り締めたまま、瞑目《めいもく》して記憶のアーカイブをたどる。

分水嶺《ぶんすいれい》は、一年前の十二月の配信。

このときにはもう、乃亜《のあ》が忽然《こつぜん》と姿を消して一ヶ月が経《た》っていた。

振り返るにはつらいアーカイブだ。だが、目を瞑《つぶ》れば鮮明に思い返せる。このアーカイブこそが蛍の頭に焼きついて離れない、魂の枢機となっていた。


『こんとら〜！　みんなのお姉ちゃん、Vらんぶる四神の虎担当、白虎燐香です』

○こんとら！
○ミニチュアセット期待
○特定だけは気をつけてね
○カーテンはしっかり閉めたほうがいい。反射で特定あるから
○誰かさんみたいにですねｗｗｗ
○燐香は美人説出回ってるから顔バレで逆に伸びるまである

白虎燐香の配信にはいつにも増して視聴者が集まってきていた。

皮肉なことに乃亜と近しい間柄だったからこそ、炎上後の〝関係者〟の空気を嗅ぎ取りたい匂いフェチが群がっているのだ。

『……うん、そこは大丈夫。あのね、今日はカーテンも含めて全部見てほしくて、外して洗濯してきたよっ』
○洗濯!?
○気合い入ってんなw
○洗濯しちゃったかぁ
○鏡とかガラスとか反射しそうなものもしまうんだよ
○過保護なガチ恋さんがいますねぇ
『実はちゃんと乾いてなくてさ、ちょっと湿ってるんだ。ふふ、配信終わったらまた外して干さなきゃだ。――あ、鏡はどうかな。その辺はちゃんと片付けてきたと思う～……うん。たぶん大丈夫そう』

この日の企画はお部屋公開配信なるものだった。元々、配信者の中でもゲーム実況が主体のゲーマー女子が、箸休め程度にやっていた企画だ。

白虎燐香は古株のVTuberゆえ、リアルの様子を一部晒《さら》す企画はファンにも驚かれた。

この配信を決行したのは乃亜の炎上を受けてのこと。いくらVTuberだからって、魂のリアルのことを好き勝手に外野が批判するのを、ただ見ていることがつらかったのだ。

とはいえ、直接言及すれば、徒《いたずら》に炎上を煽《あお》るだけだ。

それは鬱憤をTwitterに投稿しては消しを繰り返した結果、よくわかった。

白虎燐香はVTuberとして、配信姿勢で乃亜のリアルを守ることにした。VTuberにもリアルの生活があるのだ、と知らしめてやるのだ。

『じゃあ、さっそくカメラ映すね』
○ざわ……ざわ……
○四神清楚枠《せいそ》の部屋が汚いわけないいじゃん
○汚部屋だったら逆に興奮する
○燐香はシルバニアガチ勢だぞ
○俺たちも白虎《しろとら》ニアファミリーって名前だったかもって話だったな
○草。白虎隊でよかった
『じゃーん』

カメラがぐるんぐるんと動いたあと、デスクが映る。

デスク周りはメモ帳やウサ耳のペン立てが置かれ、きっちりと整頓されていた。

小物類も白を基調としたファンシーな配色だが、その中でずんぐりとした武骨なスタンドマイクだけが異様な存在感を放っていた。

『いつも配信してる机で～す。それとこれが配信マイク。あと、ほら。3Ｄｉｏもあるよ』

燐香はサイドテーブルのスタンドにかけられた、ＡＳＭＲ用のバイノーラルマイクも持ち上げてみせた。

○さすがの清潔感

○ペン立てかわいい

○俺たちの耳だな！

○マイク羨ましい

○おててw

反応もそこそこで燐香は意気揚々とした。

『これがお気に入りのクッションで～……こっちがベッドっ！　ね。ふかふかでしょ』

○女子の部屋って感じ

○わりと部屋狭めなんやね

○天井も㌽

○例のハズキャップあんの？

『見せたいものはたくさんあるから順番にね。あ、葉月《はづき》ちゃんの帽子？　これこれ』

燐香は部屋を動き回り、ラックの脇にかけていた帽子を取る。

それからつばの広いキャップに刺繍《ししゅう》された雀《すずめ》のイラストを映した。同期の朱雀《すざく》葉月は裁縫が趣味で、得意な製作アイテムは帽子という一風変わった職人技を持っている。

○なんでハズハズは自分の刺繍のほうを置いてったんだろなw

○燐香の刺繍のやつはあっちが持ってったんよね

○匂わせ？w

『なんでだろうね？　ふふふ、葉月ちゃん天然だから許してあげて。私はハットが似合うとか言われて、こないだはクロッシェももらったよ』

燐香は釣り鐘型のハットを見せつけた。

この帽子は陽射《ひざ》しが強い日には重宝している。

○天然おまいう

○上品な雰囲気ですね

○麗人確定

そうやって部屋の中を晒すうち、燐香も勢いづいて私物を映しはじめた。

VTuber界にインパクトをもたらした、あの炎上事件のあとだ。

燐香も徹底的に、特定に繋《つな》がりそうな小物――例えば、地域性を感じさせるものや年齢の推定に繋がりそうな学生時代のアイテム類はすべて別の部屋に移動させた。

光を反射する鏡、ガラスや銀細工まで妹の部屋に移してある。

想定される危険物は一切合財どこかへ移したのだ。

だから油断していたのかもしれない。

実のところ、燐香の感覚では危険と思えないものにこそ危険がひそんでいた。

そもそも燐香はそれを「触るなキケン」と騒ぐ連中へ、気骨ある姿勢を見せるためにこの配信を決行した。隠すという発想はなかったが、隠すかどうか迷ったとて、最終的には首を横に振っただろう。

大切な友人をどうして後ろめたく思わなければならない?

燐香はシルバニアファミリーの人形を飾った棚を紹介し終える。

『タウンシリーズのペルシャネコちゃんのコーデ紹介でした～。あぁ～この枠楽しいね。それから次の棚は――』

次のラックへとカメラの射線をスライドさせた。

そこで大きく映り込んだポップ――【方舟《はこぶね》の浮上‼　夢《む》叶《かなえ》乃亜☆1stLiVe‼】

ポップの下には几帳面《きちょうめん》に飾られたグッズの数々。

マフラータオル、缶バッジ、トートバッグにブロマイド。すべてあの赤い超新星——VTuber業界に爆弾を投下した伝説のVTuberが手をこちらに差し出し、微笑《ほほえ》んでいた。

さらには数量限定のプレミアム腕時計も丁寧にスタンドへ巻かれている。

『………乃亜……』
○あっこれ
○げえ
○あかんやろwww
○乃亜
○燐香ちゃん仲いいもんね
○うわーでた
○草
『これは先月の……乃亜のグッズなんだけど、えっと……』

リスナーの反響を見て、いけないものを映してしまったと自覚しはじめた燐香。

それでも乃亜に不義理を働きたくない。

大切な友人なのだから。

○燐香ちゃん早く次いこう
○天井どうなってんのか見せてほしい～
○やっちまいましたねぇ
○さっきから天井固執マンなんなんだよｗ
○いますぐそれ窓から投げ捨てたら炎上しない
○不注意すぎるだろ
○乃亜に言及したらダメて
○赤い彗《すい》星にかぎらず配信で他箱グッズ見せるのよくないんじゃない？
○白虎と彗星の関係は前から界隈《かいわい》認知あったし、そこは問題にならないのでは？
○どっちにしろ不謹慎だろ
○そもそもこの企画自体意味不明
『あ……え……と……』
○Ｖがリアル晒しなんてするもんじゃない
○してるＶもいるだろ
○最初からそういうスタンスなら問題ないが古参がやったら燃える
○問題ないっておまえが決める意味がわからんｗｗｗ

○路線変更が荒れる原因になるのは当然だろ
○V警察乙
○ノア友さん見てるかー?
○燐香《りんか》がどういう方向性でも俺はついていく
○ガチ恋きしょ
○さっきのポップって売り物じゃないよね?
○まーた方舟の呪いかよ。どんだけの特級呪物なんだ赤い彗星

次から次にどこから現《あら》われたのかわからないリスナーが、互いに取っ組み合いを始めて収拾がつかなくなっていた。

燐香は頭が真っ白になった。信じていたものが――大好きだったひとがこれほどの人間に憎悪《ぞうお》の感情を向けられ、手も足も出せずにいる。

そんな彼女はいま、どんな気分でいるのだろう。

頭の中では自責が、胸の奥では心痛が、それぞれオーバーラップして燐香を苦しめる。

「あぁ……乃亜《のあ》……。会いたいよ」

都営バスが六本木駅前のバス停に到着した。

夜も更《ふ》け、事務所のタワービルまでの道が仄暗《ほのぐら》い。ライトアップされて輝く木々が、まるで舞台照明のように見えた。

昔、児童演劇賞を取ったときに立った劇場に似ている。

ずらりと並ぶ赤い椅子に暖色の照明。観客はまばらだったけれど、強烈な視線を感じたのを覚えている。自分の演技の何もかもを見られているのだと思うと気が抜けなかった。

お客さんに楽しんでもらわなければ、と子どもながらに背伸びした。

最初は演技が楽しくてはじめたことなのに。

いまは、どうだったか。

〝――どう？　燐香は楽しんでる？〟

その白虎《びゃっこ》燐香は冬眠状態だ。

もし目覚めなかったら？　それをいまは考えないようにして。

無機質な摩天楼のただ中に、たまたま完成した静謐《せいひつ》な舞台。そこを蛍《ほたる》は舞うように足を踏みしめた。

「お？　先輩じゃないっすか」

「えっ……」蛍はたたらを踏んで振り返る。「あ、アミィちゃん」

「どもども～」

肘をくいっと曲げ、陽気に手をあげる稀林《まれりん》アミィ。

最近、Vらんぶるに加入してきたVTuber――その魂がいた。

ハーフアップツインの黒髪とピンクのインナーカラー。そして黒のボタンシャツ。

あえてそうしてるのか地雷系メイクだ。

「先輩っ、こないだはお話を聞いてくれてありがとうございましたっ」

「ミーナちゃんのこと？」

「そうっす！」

「こちらこそありがとね」

アミィは首を傾《かし》げた。礼を言われる理由がわからないといったふうだ。

蛍はタワービルを見上げる。

「アミィちゃんも事務所に用事？」

「ええ、実はそうなんすよ……」

アミィは気まずそうに目を背けた。

その雰囲気から蛍が感じたのは、不都合な用事だろうということだ。

「なにかあったのね？」

「はは……燃えました……。そりゃあもう盛大に」

アミィは大きく溜《た》め息をつき、大仰にうなだれてみせた。わざとオーバーリアクションにしている様子で、さほど気にしてなさそうだ。

「で、呼び出されてこれからお叱りと反省会っす……」

「そう……」

デビュー一年未満の新人は、炎上をやらかすと事務所への強制出社と反省文が義務づけられていて、これをぶいらんメンバーでは〝出頭〟と呼んで茶化していた。

最近では茶化す余裕さえ消え失《う》せているが。

ここ三ヶ月ほど、Vらんぶるではやけに炎上が多いのだ。

「なにがあったのか、私でよかったら聞くよ。炎上の内容によっては私も一緒にフォローできるかもしれないし」

「先輩……！」

アミィは目を潤ませる。

「なんでそんなに優しいんすか。ひとをダメにするタイプの女っすね」

「それ、よく言われるのよ」

言いながら、蛍は同時に呵責《かしゃく》も感じていた。

他人の面倒に感《かま》けていれば、あの虎を眠らせたままでいられる。その尾を踏む勇気が、蛍にはまだ足りない。

「でも、ご心配には及びませんっ」

歯を食いしばり、渋めの表情を浮かべて手をあげるアミィ。

その心意気に、蛍は人知れず救われた気分になる。

アミィは元より個人勢で活躍してスカウトされたVTuberだ。多少やんちゃでも、これまで場数を踏んできた経験からメンタルが強いのかもしれない。

「マネージャーさん、宇喜田《うきた》さんよね？　あのかたは厳しいよ」

「へへ～、実は援軍をお呼びしてるので」

アミィは後頭部を撫《な》で、ちらりとタワービルのエントランスを一瞥《いちべつ》する。

そこに栗色《くりいろ》のショートカットヘアで、生脚短パン姿の少女が腕を組み、人目を憚《はばか》るようにそっと立っていた。

彼女はアミィと同時期に加入した、新人VTuber怪星《あやぼし》もめん――その魂だ。

「もめんさんも？」

「実は、こないだホラゲーの実況をやってたときの話なんすけど」

「ホラーゲーム……」蛍が苦手なジャンルだった。

「先輩は【洞穴のカンテラ】って知ってますよね?」

「最近、Vの間で流行《はや》ってるわね」

インディーズゲーム【洞穴のカンテラ】はVTuberの間で絶賛流行中だ。

エンディング分岐が十七通りもあり、すべてのエンディングを見なければ、主人公がどうしてその洞窟に迷い込んだのかさえ真相がわからないという謎ゲーだった。

カンテラの油の残量の減りも怖ろしく速く、ぼーっとしていればすぐ灯《あか》りが消える。

辺りが闇に沈むと化け物に襲われ、あっけなく死ぬという所謂《いわゆる》〝死にゲー〟だ。

「先輩もやったことあります?」

アミィから目を背け、蛍は怯《おび》えたようにぶるぶると首を振った。

「なんか意外っすね」

「私、ゲームはてんでダメで……」

そのゲームと炎上に何の関係があるのかは想像がつかなかった。

「もめめんは洞カンのプロなので、炎上したときの状況説明をしてくれるんですよ」

「ふ～ん……。まぁ大丈夫そうならいいんだけど」

蛍は懐疑的に相槌《あいづち》を打つ。

ふいに蛍は親友の乃亜を思い出して不安がよぎる。

「けど、最近は不思議なくらいちょっとしたことで燃えるから、気をつけてね」

蛍はいま一度、怪星もめんに目配せした。

彼女は踵《きびす》を返してエレベーターへ向かい、背を向けたところだった。

あちらのほうは愛想《あいそ》の良い新人ではなかった。

「あ、じゃあ叱られに行ってきますっ」アミィが敬礼する。「それから――先輩もよかったら遊んでみてください、洞穴のカンテラ。面白いっすよ！」

蛍は苦笑いを浮かべた。

一方の自分もそれどころではない。場合によっては叱られるかもしれないのだ。

これから秘密を一つ、打ち明けようというのだから。

2

真っ暗な道を進む。唯一の灯りは微光で心細かった。

肩を強張《こわば》らせながら、海那《みな》はじめっとした空間をじりじりと歩いていた。

「ひっ……！」

海那が恐怖で肩を震わせる。

目の前には、スマホのライトに照らされたおどろおどろしい井戸。

「い、いま、なにか聞こえましたよっ」

海那は呼吸を荒らげ、まんまるの翠眼《みどりめ》をさらに丸めている。

「そうか？」

業《ごう》は呆《あき》れた声で返答する。それから、すたすたとその井戸まで近づいた。

腕にしがみついていた海那も強制的に引きずられる。

「だめだめだめだめっ。カルゴさん～……！」

業は井戸の前まで来て、中を覗《のぞ》き込む。その瞬間、中に潜んでいた白装束の女が緩慢な動作で立ち上がり、ゾンビのような呻《うめ》き声を上げた。

「うぁ……あぁあ………」

「いやぁぁあああああっ⁉」海那は絶叫する。

無意識に力がこもり、腕を握り潰さんばかりの勢いで海那は業にしがみついた。

「だめ～っ！　カルゴさん、は、早くっ、逃げましょっ……」

「痛い」

業は痛みを訴えたが、海那はなにも聞こえていない。

続いて古い鉄扉《てっぴ》のような場所で立ち止まると、その隙間から不気味な仮面の男がぬらりと現われ、海那はまた悲鳴を上げた。

さらにその先、またその先――と金髪少女が逃げ回る先々、蛇蝎磨羯《だかつまかつ》に扮《ふん》した男女とエンカウントして、そのたび悲鳴が巻き起こる。

三年C組の出し物『恐怖のトンネル』をここまで堪能《たんのう》した客も他にいまい。

出口にたどりつく頃には海那は息も絶え絶えになっていた。

そんな賑《にぎ》やかな、都立杉葦《すぎあし》高校の文化祭。

今日はその一般公開初日の土曜日だ。

「お、戻ってきた」廊下ではギャルがお出迎え。「にひひ。おかえり～、お二人さん」

他校の制服の女子生徒がそこにいる。霧谷彩音《きりたにあやね》だ。

業が彩音と直接会うのは、およそ一ヶ月ぶりのことだった。

制服が冬服になっていたり、肩かけバッグが買い換えられていたりと彩音らしい変わり身だが、唯一、バッグに吊《つ》り下げられた彩小路《あやのこうじ》ねいこのアクリルキーホルダーだけは変わっていなかった。

「わぁああん、彩音～～」

「おーよしよし」

抱きつく海那の頭を優しく撫でる彩音。

その実、この女こそが三年C組の〝お化け屋敷《やしき》〟に海那を放り込んだ張本人だ。

今日は文化祭当日。

影山花《かげやまはな》から演劇部のＶＩＰ招待チケットの存在を知らされた海那はすぐ興味を示し、ちょうどその日に遊ぶ約束をしていた彩音も愉《たの》しげな匂いを嗅ぎつけ、即答で「行きたい」と名乗りを上げた。

渡す先がないチケットの消化に良いと花は気前よく、業含め三人分のＶＩＰチケットを譲ってくれたのだ。そんなわけで海那と彩音の二人は、業の通う高校がどんなところなのか、文化祭の見物がてら偵察に来ていた。

「よしよしって、ここに入ろうって言ったのはあんただろ」

業は腕を擦《さす》りながら言う。血流を止められ、指先が痺《しび》れていた。

「くくっ、儲《もう》けもんだったっしょ？」

彩音は笑いを堪《こら》えている。

「儲け……？　おれに何の利があったって言うんだ」

「中でお楽しみでしたねっつーこと。あ、それはお互い様かにゃ？」

彩音は愉快げに海那を一瞥する。

海那は手のひらをグーパーと開き、はっとしてから申し訳なさそうに業を見た。

「カルゴさん、大丈夫でした？　もしかして、わたし……」

「壊死《えし》するかと」

「わあぁぁあ、ごめんなさいごめんなさいっ」

腕を撫でてくる海那。

彩音は海那を値踏みするように見ながら言う。

「ミーナにはホラゲーをやらせてみたら良い反応が見られそうだねぇ」

「ホ、ホラーゲームっ」

そう遠くないうちにやらされるのでは、と身震いした。

彩音とは互いに再デビューしたあと、コラボ配信をしようと約束している。

「彩音、あまりミーナをいじめるな」

「カルゴだっていじめられてんじゃん。左腕だけ」

「たいしたことじゃない」

「なんなら、あたしがもう一周付き合ってやってもいいぞ？　この柔肌で優しく包み込んでやれば、たちまちＨＰも全回復ってもんよ」

どう？　と秋波を送る彩音。

「遠慮する。あんたと入ると、ＨＰよりＭＰのほうがごりごり削られそうだ」

「ちぇ、つまんねー」

彩音のことだ。ギミックを先読みして業を前衛に置き、その遭遇を楽しむに違いない。シュールで気まずい状況すら笑いへと昇華する女なのだ。

「あの……ここ、お化け屋敷ですよ……？」

海那は入り口から怒気に満ちた視線をちらちらと送る受付スタッフから、顔をそむけてそう言った。

三人はそそくさと校舎の外へ移動した。

中庭の屋台でビッグウィンナーやポテトを買ったあと、木陰で食べながらお化け屋敷でそれぞれが受けたダメージを回復させはじめた。

「ところで演劇部の公演って何時からなんですか？」海那がそう尋ねる。

「チラシには十一時に開演って書いてあるな」

「あと十五分じゃないですか！」海那は中庭の柱時計を見上げて言う。「もう開場してるはずですよ」

「そうなのか？」

「十五分経《た》ったらお芝居がはじまっちゃいます」

なるほど、と業は頷《うなず》いた。観客が一様に着席し、舞台の幕が上がるのを期待の目で待つ時間がいまなのだ。業はその待機時間をライブと重ねて懐《なつ》かしく思った。

3

慌ただしくも第二体育館へ向かう。

開場直後から入り口には少しばかり列ができていた。受付を済ませて入ると、暗幕に覆われた体育館の中はむっとした空気がただよい、重圧感をも感じさせる。

誘導係が招待席に案内してくれ、三人並んで最前列に着席できた。観客席はそのほとんどが埋まっている。期待の高さをうかがわせた。

「ああ」業は知っている顔を見かけた。「蛍《ほたる》さんじゃないですか」

「……あっ、カルゴくん」

蛍は招待席で一人で座っていた。ちょうど隣の席だ。

業とはちあわせたことに驚いている様子だった。

「先日はどうも」

「こ、こちらこそ……」

蛍は気まずそうに返事する。

業もその心中を察して、この場はクラスメイトの身内として接することに決めた。

「こんにちは」

海那はタイミングを見計らい、おずおずと挨拶した。おしゃべりイベントでMCをやりきったときの気概はすっかり消えていた。

海那に続き、派手なグレーの髪のギャルも続く。

「こんちは〜。あたしは霧谷彩音。そこの珍獣と海那の友達です。はじめまして」

突然の三連星に目をぱちくりさせる蛍。

「さすがカルゴくん。お友達が多いのね」

肩をすくめる業。ネットという括《くく》りでいえばね、とでも言いたげだ。

業は話題を変えた。

「花の応援に？」

「うん。ここ数ヶ月は私も忙しくて、構ってあげてなかったから」そこで蛍はお礼がまだだと気づき、言葉を切る。「カルゴくん、ありがとうね。花は寂しかったんだと思う。家には私たち二人だけだし、一旦お互いに気を遣いはじめると、どんどん関係がこじれるって今回のことでよくわかったわ」

「それはよかった」

「あとね、乃亜《のあ》のことだけど、あの子は——」

そこで体育館の照明が落ちる。

蛍は業に目で合図し、続きの会話を諦めた。

ふいに舞台の端のほうにスポットライトがぱっと当たり、パイプ椅子に坐った語り部《べ》と思《おぼ》しきローブ姿の女子生徒が照らされた。

「第七十五回スギアシ祭公演、演目『Good Goose Girl!!』」

語り部役の女子生徒が椅子に座ったまま、魔導書のような小道具を粛然と開いた。

実のところ、海那《みな》はこの観劇が楽しみでたまらなかった。

業が通う高校へ入れるという期待感ももちろんだが、それはそれとして、舞台鑑賞は子どもの頃から好きだ。バレエの世界と通じる緊迫感を感じるのだ。

「昔々、あるところで――」静謐《せいひつ》な声で、その常套句《じょうとうく》からはじまったかと思いきや「王妃様が死にました」

開幕一分と経たず悲劇が起きた。海那はぽかんとした。

「その娘である王女リンカ姫はお妃《きさき》様の死をたいそう悲しみました」

その名を耳にして、ぴくりと蛍が反応する。

「何年も前には国王も亡《な》くなり、国のために王女が立ち上がるしかなかったのです」

語り部を照らす照明がフェードアウトする。

気づけば舞台のオペラカーテンが左右に開かれ、照明が点《つ》く。

「ああ……！　お母様。なんて痛ましいお姿に……」

舞台の上で仰々しく倒れ伏したのは悲劇の王女、リンカ姫。──影山花だ。

淡いオレンジのドレスと艶のある黒髪が舞台ではよく映える。すらりとした上半身に腰から伸びる豪奢《ごうしゃ》なドレススカート。Aラインがおそろしく綺麗《きれい》だ。

ひくひくと肩をふるわせる王女の奥、ひょっこりと馬が顔を出す。

驚安の殿堂で売っている、あの馬のラバーマスク。その光景はあたかもファンタジー世界に乱入したYouTuberのようだ。

海那は世界観を壊しに来た馬の登場に唖然《あぜん》とした。彩音は吹き出している。

「王女様っ、あっしがついてやすぜ！」

馬のラバーマスクとジャージを着た女子がお調子者然とした口調と歩き方で、ひょこひょこと王女に近づく。

「ああ、ファラダ。わたくしの頼もしい愛馬」

王女が馬YouTuberに抱きつく。

美姫《びき》に抱きつかれた馬は観客席に向かい、嬉《うれ》しそうにサムズアップした。

馬は第四の壁を越えるらしい。この意表をつく芝居を、いったい業《ごう》がどう見ているのか気になった海那は、ちらりと隣に目をやる。

彼は無表情のまま、行儀良く芝居に見入っていた。

悲劇の王女リンカと馬系YouTuberファラダは隣の国の王子に助けを求めにいく旅をはじめた。そこで旅に連れ添う侍従の女カスミも現《あら》われる。

侍女のカスミは態度が悪く、道中でリンカ姫をしきりにどやしつけていた。

夜、旅のテントで寝ていた一行だが、意地悪なカスミがリンカ姫のドレスを奪い、そのまま着込んで、いそいそと夜逃げしてしまったのだ。

目を覚ましたリンカが気づき、慌てふためく。

「なんてことっ！　あの女、わたくしのドレスを……お母様の形見を奪って、逃げてしまったんだわっ！」ナイトキャップとパジャマ姿のリンカが頭を抱えて叫ぶ。

馬は両腕を伸ばして眠たげに言う。

「いったい何がどうしたってんです?」

「ドレスが見つからないの。カスミの姿もね！」

「なんてこったあの畜生めぇえ！　最初からドレスと王子が狙いだったんだ！」

ファラダは豹変《ひょうへん》した。あの馬を演じるのは些《いささ》か勇気が要りそうだ。

リンカは残された侍女の服を着て、愛馬とともにカスミを追いかけた。

先に隣国へ到着したカスミは王子を誑《たぶら》かし、その篭絡《ろうらく》に成功する。遅れてやってくるリンカ。そこで自分こそが隣国の姫だと主張するが、カスミの根回しとみすぼらしい衣装のせいで疑われ、ガチョウ番として働かされるはめになった。

王がガチョウ小屋でせっせと働く侍女を労《ねぎら》い、この国へ来た理由を問う。

「――はい。わたくしは祖国のため、亡きお母様のために、ここでガチョウ番をやるしかないのです」

「そうか。おまえはなんと良きガチョウ番の少女か。なにか隠しているのではないか？」

リンカはやりきれない様子で首を振り、何も答えない。

「私に話したくなければ、タイル張りのストーブにでも吐き出すといい」

王は立ち去った。その夜、リンカは言われた通り、タイル張りのストーブに抱えていた想《おも》いをすべて吐き出すが、それを盗み聞きしていた王が真実を知る。

終盤、王は王子と王女の婚姻パーティーを開いた。

リンカの姿はない。代わりにファラダ――あの馬マスクが出席している。

なんと、着席してきっちりナイフとフォークを使い分け、豪勢な食事に舌鼓《したつづみ》を打っているではないか。はたして、あの馬は劇中でも〝馬〟なのか？

王がカスミに問う。

「王女よ、自分の主人を騙《だま》した女にはどんな罰がふさわしいと思う？　たとえば主人に成り代わり、他国の王子を誑かし、偽《にせ》の婚姻を企てようという女には」

「そんな女は釘《くぎ》を打ち込んだタルに放り込んで、馬に引きずり回させればいいわ」

「そうか。……だそうだが、どうする？」

　王はファラダのほうを向き、問いかけた。

「そりゃあいいっ！」馬が返事したあと、声が徐々に王女のそれへと変わる。「だったらそうしてやりましょう」

　それは、清楚《せいそ》な王女の声だった。ファラダは突然、ラバーマスクを引っ剝《ぺ》がす。ばさりと濡羽色《ぬればいろ》の黒髪が流れ、そこから王女の素顔が晒《さら》された。

「なんですって！」とカスミ。

　会場でもちょっとしたどよめきが起きた。海那や彩音《あやね》も「おおっ」と反応し、業だけがしれっとした態度でいる。――これには騙された。

　いまの声変わりは、同じ人間が徐々に声質を変えてこそ成り立つ芸当だ。

　つまり、ファラダの声ははじめから花《はな》が演じていたのだ。王女役の女優は、この山場のためだけに一人二役で声を入れ替え、かけ合いを続けなければならない。

　ドレス姿になったリンカは、カスミと対峙《たいじ》する。

ラバーマスクは舞台裏へ投げられ、それを被《かぶ》って馬が合流。

海那は、花の卓越した表現技法とファラダという未知の馬の存在で頭が混乱していた。

見せ場の殺陣《たて》が行われ、捕らえられたカスミは舞台を退場。

晴れて、物語はハッピーエンドを迎えた。

カーテンコールで役者たちが登場すると、喝采の中でお辞儀をしていく。

海那はふと気になり、蛍を見やると、彼女は堪《こら》えきれずに目から涙を零《こぼ》していた。

4

体育館の出口は混雑して、長い列ができていた。

そこでは、いまに演じられた『Good Goose Girl!!』の役者たちが勢揃《せいぞろ》いして並び、客を見送っている。

「出口では立ち止まらずにご退場をお願いしま〜す」

体育館でアナウンスが虚《むな》しく響く。

最前列にいた四人は気づけば最後の退場だ。見回すと、演劇部の部員たちはせっせとステージにモップをかけ、午後の公演に向けて備えている。

時間を持て余した海那が、まだ目の赤い蛍に話しかけた。

「花さんの演技、すごかったですね」

「……ええ。ほんとにそうね」

蛍《ほたる》は会話にノリ気ではなさそうだ。軽率だったと海那は気が咎《とが》めた。

あの声帯チェンジは、VTuberで言うところの白虎燐香《びゃっこりんか》と喰代《ほおじろ》ダフの入れ替わりを見せられたようなものだ。

退場の列が進み、業や海那たちはようやくドレスをまとう花と顔を合わせた。

「花さん、素敵でしたよ～っ」

海那は素直に称《たた》えた。恋敵とはいえ褒めずにはいられない。

「あ、ありがと……」

照れくさそうにそっぽを向く花。

大役をこなした直後なのに、すっかり花は突《つ》っ慳貪《けんどん》に戻っていた。

「カルゴくんも、ありがとね」

「面白かった。あの殊勝なキャラにはいろいろと考えさせられたな」

業はさらりと感想を伝える。

やはり、リンカ姫とは白虎燐香なのだろうか。

ともすれば、あのエンディングは花からのエールとも解釈できる。

当の本人は気恥ずかしそうに演者と向き合っていた。

「お姉ちゃん……」

「お疲れさま、花。メッセージは伝わったわ」

「そう……」

後ろめたいのか、花は伏し目がちになっていた。

「本当なら、舞台に立っているのはお姉ちゃんのほうだった」

「ううん。それは違う」蛍は諭すように首を振る。「あのお芝居は花だからできたこと。今日はっきりわかったわ。私に遠慮しないで、まっすぐ役者の道を進んでね。私には私の舞台があるから。……だから待ってて」

「お姉ちゃん、ありがとう……」

花は目元を指先で拭う。

妹のためにと舞台を諦め、VTuberとして稼ぎに出た姉。

姉を舞台に引き戻すため、VTuberをやめさせようとした妹。

そのボタンの掛け違いが解消したと見え、海那も感傷的な気分に浸っていた。

彩音が海那の肩をとんとんと指で叩《たた》く。

「いくよ」

彩音は黙って退場を促した。確かにここは水入らずが正解だろう。彩音を先頭に海那が続くと、業も二人を横目に静かに退場した。

「じゃあ、あれもまたVTuber絡《がら》みの話ってわけ?」

「しっ、声が大きいよ」

校舎から外れた一本松の下で、三人は焼きそば片手に涼んでいた。

以前、影山姉妹に起きたことを海那《みな》は彩音に伝えたところだ。

蛍の正体を小声で伝えると、彩音も察して声をひそめる。

「はぁ~……」彩音は感心していた。「カルゴ、あんた呪われてんね? それとも秘密道具でも持ってる? 『どこでもVTuber』とか」

ピシャシャシャーンと擬音を入れる彩音。

業の反応は冷たく、焼きそばを頬張りながら「あぁ」と生返事をした。

「しかも、あの白虎燐香ちゃんか~」

彩音は敬うように第二体育館を一瞥《いちべつ》した。

彩音もVTuberを熱烈に推すファンの一人だ。燐香の存在も知っていたし、推しの【星ケ丘ハイスクール】がよくコラボしたグループが【Vらんぶる】である。

「白虎燐香は本当に活動を再開するんだろうか」

業《ごう》は虚空《こくう》を見ながら言う。まるで夢叶乃亜《むかなえのあ》の復活を希《こいねが》うように。

「なになに？　またあんた未練たらたらのメンドクサムーブかましてんの？」

彩音がぐっと顔を寄せてくる。

「文化祭のサイはどういう字だ、カルゴ」

「はぁ？　なんだ急に」

「祭りって書くんだ、ばか」

彩音はすっくと立ち上がる。

「辛気くさいのはナシナシ。──遊び尽くすんだよっ！　ほら、いくぞ」

猫のような身のこなしでさっさと彩音は校舎のほうへと向かっていく。ぴょんぴょんと跳ねながら、業と海那の二人に手を振っていた。

5

場所を移動して、また別の装飾豊かな棟へ入る。

「ここがカルゴさんのクラスルームですね！」

二年A組の教室に着くと、海那は嬉《うれ》しそうに目を輝かせた。

「まぁ、いまはだいぶ様子も違うが」

「ほ〜う、メイド喫茶？　ベタですなぁ」

彩音は看板を読み上げ、悪戯《いたずら》を思いついた子どもの目をして振り返る。

受付の男女二人は、そんな三人に訝《いぶか》しい表情を向けていた。

一人は異質な雰囲気を放つ白髪のクラスメイト。確か、校内一の美女との関係を噂《うわさ》されていた。けれどもいまは他校の美少女二人を侍《はべ》らせてやってきたのだ。

「苅部《かるべ》くん……？　お客さんを連れてきたの……？」

受付の女子が困惑しながら尋ねる。

「いや、通りかかっ――」

「はいはいっ！　客でーす。三名で、予約は苅部の名前で！」

彩音は居酒屋に入るおっさんばりの口上で受付に迫る。

「おい」石のように動かない業。

「あん？　カルゴ、ここまで来といて入らないわけ？」

「おれはこのクラスの生徒だ。客として入るわけにいかないだろ」

行くなら二人で、と業は両手を払う。

彩音は呆《あき》れて溜《た》め息をついた。

「バイト先のレストランじゃ飯食《めし》っちゃいけないっての？　馬鹿たれか？」

「だとしても、負担をかける気はない」

業は相変わらずの朴念仁。

彩音は顔をしかめたあと、受付に目を向ける。

「負担っていうなら、あたしらもメイドやればおあいこじゃん。どう？」

「あたし〝ら〟……？」

海那が恥ずかしそうに反応する。

受付二人は唖然《あぜん》としたまま顔を見合わせ、ひとまず入場券を差し出す。

「と、とりあえずお客さんとして……。お一人、五百円です」

営業妨害をされても困ると判断したのかもしれない。

それから業のほうを見やる。

「苅部くんもいいよ」

「……」業はやれやれと目を伏せた。

中では、ささやかな喫茶店を模した雰囲気が広がっていた。

机を四つ合わせた上にはテーブルクロスがかけられ、椅子にも白い布が被《かぶ》されている。

教室という印象をできるかぎり排除したようだ。

実を言うと、業もこのセッティングにはかなり力を注いだ。

メイドに扮《ふん》した女子は業の登場に「えっ」と反応したが、受付からのジェスチャーで何かを察し、普通の接客をはじめた。

「おかえりなさいませ、ご主人様。お嬢様っ」

「かわいいっ」

彩音《あやね》はスマホを取り、出迎えたメイドをさっそく撮ろうとする。

「やっぱメイドはミニスカだわ。お～肩幅いい感じ。ていうか足細くない？」

「あっ、お嬢様すみません。撮影はちょっと……」

「え、だめなの？」

「さっき受付で説明されただろ……」

業は呆れながら適当なテーブルに着く。

この迷惑客がさっさと一通りの流れを終え、退場することを願っていた。

海那も大人しく業のあとに続く。メニューを持ってきたメイドから料理の説明を受けるうちに卵料理ばかりであることに気づき、海那は対抗心が湧いてきた。

定番のオムライス。これはケチャップでハートとかをやるためだろう。

そして半熟卵にスクランブルエッグ。

海那はまだ業に卵料理を食べてもらったことがない。最も得意な料理なのに。

ここで振る舞われる料理を黙って見ているのは、彼を支える立場として不名誉なことではないだろうか。それに、この料理はどこで調理されているというのか。

もしや調理実習室かどこかでA組の女子が作っているとか。

——いま、荊部くんが来てるんだって。

——キャー。じゃあ愛情たっぷり込めてつくらないと。

そうして出来上がる渾身《こんしん》のオムライス。

ケチャップ片手にメイドがやってくる。

「ご主人様、こちらをおかけしてもよろしいでしょうか?」

「ああ、頼む」

「それ美味《おい》しくなーれ、萌《も》え萌えきゅんっ」赤いハートが刻まれた。

「綺麗《きれい》なハートだ」

「わたしからの気持ちですっ」

業はハートのオムライスにときめき、メイドと恋に堕《お》ちる。

イチャ甘な学園生活のはじまりを告げるチャイムがどこからともなく鳴り響く。

キンコンカンコン——。それはまるで祝宴の席の鐘のようなもの。二人は学校という村社会公認のカップルとして認知され、卒業アルバムにはそんな二人の仲睦《むつ》まじい姿が未来永劫《えいごう》、刻まれてしまうというわけだ。

「うっ……うっ……」

海那は涙をこらえ、手で目元を隠した。

思い出してしまったのだ。あのいまいましい卒業アルバムを。

「ミーナもか……」業はもう帰りたくてしかたがなかった。「おれはオレンジジュース。二人は？」言ってメニューをテーブルに広げる。

彩音はいまだにメイドと交渉を続けていた。

「そっちを撮るのがダメならさ、あたしらはどうなのよ？」

「お嬢様の記念撮影なら大丈夫です。撮影用に貸し出しもやってますよ」メイドは捲《まく》し立てるように言う。「衣装もミニとクラシカルなロング。付属アイテムならカチューシャ、猫耳、尻尾と幅広く――」

「まじ⁉　撮りたい撮りたいっ！　ミーナのとあわせて二人分貸してほしいにゃっ」

業はクラス中から向けられる白い目を覚悟した。

彩音は目を輝かせ、更衣スペースに突入。海那もどうしたわけか積極的だ。

メイド姿で戻ってきた二人はオムライスやらケチャップやらを小道具にして、いよいよ撮影会をはじめた。業が巻き込まれたことは言うまでもない。

6

文化祭を遊び尽くした頃にはすっかり陽《ひ》が落ちていた。

帰りの電車で彩音は海那に寄りかかって爆睡。海那は居心地を悪くしながらiPhoneをいじって過ごしている。

隙を見て海那はちらちらと業に視線を送る。

業は二人を送るため、最寄り駅まで一緒にいた。海那はいまこそ聞くタイミングなのでは、と意を決して声をかけた。

「ところで」

「……ん？」

「燐香《りんか》さんの復帰、楽しみですね」

「ああ、その話か」

業は淡々としていた。西に沈む夕陽を眺め、眩《まぶ》しそうにしている。

「ミーナは今日の蛍《ほたる》を見てどう思った？」

「ええ。花《はな》さんとのわだかまりもなくなったみたいですし、もう大丈夫そうだなって思い

LOVE

ましたけど」

海那《みな》は不審がって言う。

そう、確実に二人の仲違《なかたが》いは解消した。

花はもう喰代《ほおじろ》ダフを燃やそうとは考えないはずだ。おしゃべりイベントの後に見た、感に堪えないあの抱擁がその証拠だろう。

「蛍は、あの芝居を見て泣いていた」業がつぶやく。

「花さんからのエールで感動したんでしょう。わたしも泣きそうになりました」

ファラダのおかげで、それも止められたが。

「おれには、あの涙の理由がそれだけとは思えないんだ」

「それは……どういう意味ですか？」

業は車窓の外をじっと睨《にら》んでいた。

陽が落ち、密集した電線の色がずっと黒くなっていく。

「蛍はなぜ白虎《びゃっこ》燐香に戻らない？　あれから二週間経《た》ったが、ぶいらん公式や燐香本人の動きがない。白虎隊も花も復帰を待ち望んでいるのに、なぜ？」

「喰代ダフさんとしての活動が忙しいのでは？」

海那は蛍を気遣って言う。

「そのダフはあと一週間で活動を再開する。つまりな、ミーナ、逆なんだよ。燐香が復帰を考えるならいましかない。残り一週間が期限なんだ」

「……そう、ですか」

地平線では灯火《ともしび》が吹き消されるように、ふっと夕陽が消えた。

彩音を家まで送り届けたあと、業《ごう》と海那は二人で帰途についていた。

「ミーナは家に帰らないのか」

「さっきの話で、もう少し一緒にいたくなってしまいました」

お節介な海那のことだ。白虎燐香を取り巻く不穏な気配が綺麗さっぱり消え、晴れやかな復活劇を見届けるまでは固執し続けるだろう。

海那がおそるおそる尋ねる。

「燐香さんが活動を再開するには、まだ何か弊害があるってことですよね」

「たぶんな」業は立ち止まり、言葉を切る。「なぜかは本人に聞いてみるとするか」

「ご本人？」

業の見据える視線の先には影山《かげやま》蛍が佇《たたず》んでいた。

ちょうど業が暮らすアパートの前。所在なげに自身の腕をつかみ、拠《よ》り所を探しているようでもある。蛍は二人に気づくと暗い表情のまま顔をあげた。

「カルゴくん、ミーナちゃん」

業が出会い頭に尋ねる。

「花とは一緒じゃなくていいんですか？」

「あの子はまだ明日もあるから、今日も帰りが遅いのよ」

言われてみれば、日曜日もまだ文化祭は続く。明日の舞台に向け、いまごろ反省会と最後の総仕上げといったところだろう。

「実はカルゴくんに相談したいことがあって」

「それは、白虎燐香としての相談ですか？」

「……どうしてそんなこと聞くの？」

「おれもノア友として、白虎燐香に早く復活してほしいからです」

蛍は赤く染まった目元を手で隠す。

「二人と巡り会えてよかったわ」

「こちらの科白《せりふ》ですよ」業はアパートの二階を見上げる。「中へどうぞ」

「ありがとう……」

外階段を上っていく二人を後ろから眺め、海那は唖然とした。

矢印の方向が脳内でぐるぐると回る。――業は年上が好きなのでは？　そんな疑惑が頭をもたげていた。

7

部屋に入った業は、普段はそんなそぶりすらしないのにお茶を淹《い》れはじめた。

海那はその様子をジト目で観察する。単なるレジェンドへのリスペクトだと信じたい。

「ぶいらんが最近どうも炎上しすぎな気がしてて……」

蛍が意を決したように言う。

「そうですね」しれっと答える業。

「気づいてたの？」

「そういう話に耳ざといもので」

業は常日頃から醜聞をチェックしている。ブログ【燃えよ、ぶい！】はしばらく更新が止まったままだが、それでも習慣は変えられない。

蛍は申し訳なさそうに目を伏せ、思いを吐き出した。

「そっか……。乃亜《のあ》のこともあったから、こんな話を相談するのも悩んだんだけどね。花のお芝居を見てどうにかしなきゃって思って……。それで、カルゴくんとミーナちゃんの顔が思い浮かんだのよ。運営に相談して大事になっても嫌だし、客観的な意見を聞きたくなって……」

業が続きを引き受け、振り返る。

「炎上といえば、つい最近では稀林《まれりん》アミィの十万人達成炎上か」

「十万人達成炎上……？」海那が眉をひそめる。

めでたい報《しら》せのあとの炎上という字面《じづら》が、あまりに不釣り合いに思えたのだ。

それにつけ、また稀林アミィだ。彼女も呪われてやしないかと海那は心配になった。

「あとは久留米《くるめ》メルクのデビュー動画無編集疑惑炎上」

「カルゴくん、本当に些細《ささい》な炎上までよく見てるのね」

業は煙《けむ》に巻くように事件を並べ、蛍が直面したあの炎上まで辿《たど》り着く。

「喰代ダフの同棲《どうせい》疑惑もその一つだ。一ヶ月に二回のペースで【Vらんぶる】の誰かが燃えている。おれ以外にも、ぶいらんどうしたって言及してる連中もいる」

「恥ずかしい話だけどね……」

そこで、海那がButを投げかけた。

「Vらんぶるは所属メンバーが多いですし、目立つだけじゃないですか？」

母数が増えれば、必然的に件数も増える。

蛍はコップの水面に映る自分を眺めながら言う。

「ミーナちゃんの言う通り、有名税って考え方もできるけど、なんて言えばいいのか」

「炎上の仕方が不自然だ」業が割って入る。

「炎上の仕方というと……？」

「たとえば、炎上に多いのは魂の不祥事、あるいは運営の不手際《ふてぎわ》。第三者から見ても明らかに〝これはコンテンツが悪い〟とはっきりわかる原因で燃えるやつだ」

「ふむ……。それ以外にどんな炎上の仕方があるのでしょう？」

「リスナーの誤解だ」

業は呆《あき》れたように眉根を寄せる。

「これは界隈《かいわい》の民度にもよる。ここ最近はVTuber界隈もずいぶんマシになったが、稀《まれ》にリスナーが誤解を重ねた結果、謂《いわ》れのない誹謗中傷《ひぼうちゅうしょう》が流布《るふ》して炎上することがある」

海那はこれまで遭遇した炎上事件を、魂目線で振り返る。

たとえば、我が身に降りかかった鏡《かがみ》モアの炎上は、プロデューサーと魂の衝突から誘発的に引き起こされた炎上だった。この炎上にリスナーは関係ない。

彩小路《あやのこうじ》ねいこも不注意な政治的発言や煽《あお》り動画で燃えた。

あれも多少の誤解は孕《はら》んでいたが、燃えたきっかけは魂が原因だ。

それから六翼《りくよく》なこるの炎上。これこそがリスナーの誤解と妄執的な愛が生んだ悲劇だ。

そう思い出したとき、海那は夢叶《むかなえ》乃亜のことを振り返った。

あれは果たしてどっちだっただろうか。

「ぶいらんの度重なる炎上はすべて、リスナーの誤解によるものなんだ」

海那の逡巡《しゅんじゅん》を遮るように業は話を戻した。

「全部……ですか？」

「そうだ。Vらんぶる側に非はない。冷静に見ればな」

「どうしてそんなふうになるんでしょう……？　ファンのマナーが悪いというわけじゃないですよね？」

「ぶいらんリスナーは民度が高いほうだ。要するに、誰かが炎上を焚《た》きつけて、外側から煽ってるやつがいるんだよ」

蛍はというと、ほっと胸を撫《な》で下ろしていた。

「まぁ、喰代ダフの件に関してはリスナーの誤解のせいだけとは言えませんがね」

業は詰《なじ》るような目を向けた。

蛍は肩をすぼめる。

「その件で、二人に謝らなければならないことがあるの——」

蛍はかしこまって正座した。

それから土下座するように頭を下げる。蛍の艶《あで》やかな髪がカーペットに零《こぼ》れた。

「本当は……私は喰代ダフの魂ではありません」

「え」

「ん……」

業も想定外だったようで、硬直している。

「みんなに嘘《うそ》をつきました」

蛍《ほたる》は突然、懺悔《ざんげ》を吐き出した。頭は床につけたままだ。

海那は狼狽《ろうばい》しながら問い詰める。

「嘘……？　でも、わたしたちの前でダフさんの声になって喋《しゃべ》ってたじゃないですか」

「私は、代役なの……」

とたんに蛍の目の隈《くま》が濃くなったように見えた。

「ダフだけじゃない。Vらんぶるに所属するVTuber全員のピンチヒッター……。体調が悪くなったり、メンタルをやられて活動できないひとの、一時的な魂の代役」

「魂の代役……？」

海那は言葉を失う。

業も二の句が継げなかった。

蛍はずっと顔を上げない。

まるで、この謝罪のためにわざわざリアルで会いに来たと言わんばかりに。

「変だとは感じていた」業が冷淡に言う。「いくら声や性格を真似《まね》たとしても、限度はある。燐香《りんか》は昔からゲームが大の苦手だった。それは過去の配信を見れば明らかだが、一方で喰代《ほおじろ》ダフはTwitchでストリーマーとマッチングで渡り合えるほどのゲーマーだ」

「カルゴさんは気づいてたんですか？」と海那《みな》。

「どれが本当の魂かはわからなかったけどな」

本当の魂。蛍の基軸はどこにあるか、ということだ。

白虎《びゃっこ》燐香としての蛍がオリジナルではない可能性もある。

そのとき、海那は喰代ダフの炎上で気にかかることができた。

「じゃあ、あの同棲疑惑のことは――」

ダフの魂が別に存在するならば、あの件も何も解決していないことになる。

蛍は顔を上げる。

「あれは私じゃない……。ダフが誰かと一緒にいたんだと思うけど、私は知らないわ。いまさら信じて、というのも難しいかもしれないけど」

「だったらどうしてダフを庇《かば》ったんですか？」業が尋ねる。

「ぶいらんの炎上は私の責任でもあるから。グループを庇うのは当たり前でしょ。とくにダフは私がプロデュースした自慢の新人だし」

業《ごう》は呆れて溜《た》め息をつく。これは超がつくほどのお人好《ひとよ》しだ。

「カルゴくん、ごめんなさい……」

「三つ子の魂百までか」業は柔い声で言う。「蛍さんは誰に擬態しようが、その魂は誰にも優しいお姉ちゃんってわけだ。差し詰め、復帰のこともその代役行為のせいでこじれているんでしょう」

蛍は目元を潤ませ、首肯した。

演劇部の観劇をしていたときと同じ目だ。

あのリンカ姫のように自分を取り戻したくなったのだろう。

その後悔を胸に溜め、蛍は思いを吐き出した。

「こないだの花《はな》との会話で決心して運営に打ち明けたの。魂の代行をしてたことを」

「運営にも内緒でやってたんですか……」業は唖然《あぜん》とする。

「だから余計に後ろめたくて……」

「運営からはなんと？」

「プロデューサーは問題だと認めてくれたんだけど、ただでさえ内部で炎上と休止が増えていて、私のサポートがなくなると全体マネジメントも厳しくなるって」

蛍はまた上目遣いで泣き面《つら》を浮かべた。

あの幼気《いたいけ》な雰囲気の顔だ。

「もしかして運営は……」

「体制を持ち直せるまで、むしろ代行を頼みたいって言われたわ」

「それはひどい」

業はVらんぶるに失望した。

影山《かげやま》蛍という女性一人があの大手グループの屋台骨だ。

「私がいけないの。魂の代行なんて、自分からVの禁忌を破り続けたんだから」

「やろうとしてできる人もいませんよ……」

海那が引き気味に言葉を添える。

「でもようやく気づいたわ。私は白虎燐香でいたい。燐香を待ち続けるひとのために自分自身から逃げちゃいけなかった」

「そりゃそうだ。白虎燐香を生きられるのは、蛍さんだけなんだ」

蛍はその言葉を受け、はっとした。

「うん……。そうだね。昔、同じことを言われたことがある。——白虎燐香は大事な大事なもう一つの人生、燐香にしか生きられない〝白虎燐香〟がいるんだよって」

業と海那も誰の言葉なのかを悟っていた。

「あのときの言葉をちゃんと大切にしていたら、こんなことには——」

「まだ悲嘆に暮れる必要はないです」

業は蛍の言葉を遮った。

それ以上の悪い想像を膨らませないように。

「だが、こんな複雑なケースは初めてだ。内部では魂の代行、外部ではリスナーの扇動と炎上工作。いまのぶいらんはガタガタみたいだな」

「……うう……」

蛍は罪業感を抱え、下を向いていた。

業はそんな蛍を複雑な表情で見下ろしている。

海那はそんな二人から傾国の王妃と黒騎士の関係を感じていた。

救ったと思っていた国が、実はまだ窮地に立たされていた。一度は崩壊を見たことのある黒騎士は、この先の王妃の結末を想像している。そんなふうだ。

彼は眉をひそめてどうすべきかを考えていた。

8

恋々とした蛍を家に帰したあと、業はしばらく頭を悩ませていた。

海那も同じ気分だ。別人に魂の代行をまかせるなど、杜撰《ずさん》運営もいいところ。業がその実態を晒《さら》して【Vらんぶる】ごと炎上させてやろうかと考えても無理はない。

しかし、それは望んだエンディングではない。

白虎燐香に取り巻く根本的な問題は〝頻発する炎上〟そのものにある。

それがどこかの愉快犯によるものなら剔抉《てっけつ》すべき問題だった。

「……もう一度、原点に立ち返ろう」

業はいつも通りデスクチェアに座ってVTuberの配信を見始めた。

画面に夢中になるその後ろ姿を見ていると、たまに配信を楽しんでいるだけではないかと疑いそうになるが、あれが業の調査スタイルだ。

「どなたの配信ですか？」海那がひょっこり覗《のぞ》き込む。

「怪星《あやぼし》もめん」

「どこかで聞いたことあるような……」

「ダブの同棲《どうせい》疑惑で候補にされていた、三人目のVTuberだ」

海那はぽんと手を打つ。

「そっか。燐香さん、アミィちゃんの二人からは話を聞きましたけど、もめんさんだけ、どんな様子か調べてなかったですもんね。目も当てられない荒れ方をしてたら、もめんさんのこともケアしてあげないとですよねっ」

「ところがな、この女の場合はそうじゃない」

業は怜悧《れいり》な目で配信を観察していた。

海那も訝《いぶか》しく思って、その配信を覗き込む。

座敷《ざしき》わらしのようなVTuberが小さな口を動かしていた。

『これは私が大学生の頃の話です』

おどろおどろしい声色で、もめんは語っていた。

『一人暮らしがはじまり、アパートの二階を借りた私は、夜になると決まって同じ時間に目が覚めるようになりました。時計を見ると深夜二時二十二分。丑三《うしみ》つ時《どき》の、しんと静まりかえった時間帯です』

静謐《せいひつ》な声がスピーカーから漏れ聞こえてくる。
○一人暮らしネキの話ね
○目覚まし時計壊れたかな?

○にゃんにゃんにゃんの時間やな

海那は仄暗《ほのぐら》い和室の雰囲気と、座敷わらしのようにちょこんと正座して淡々と話を進めるVTuberに思わずすくみ上がる。

「やだ。怪談じゃないですか」

海那は業の背中に隠れた。

怪星もめんの配信はコメントの流れは静かだったが、同接は千人に及んでいる。

それゆえコメント速度と視聴者の数がちぐはぐに見えた。

『次の日も、また次の日も同じ時間に目が覚めるので、不思議に思って室内や外の様子を確認することにしました』

○なんで確認しちゃうんだよ

○俺なら呪い殺されないように死ぬ気で寝続ける

○どっちにしろ死ぬやん

○エンカウント不可避

『窓から外を覗くと、黒板を引っ掻《か》くような不快な音が響いていました。キィ……キィ……キィ……と。なんだろうなと思い、私は注意深く外を見回しました』

○外はやめたほうがいいんでないかい……？

○キィ→キィ←キィ↓

○ギシアン

○ももめんの擬音はガチ

『よく見ると、道路の端に三輪車が打ち捨てられていました。あんなもの放置されていたかなと疑問に思って見ていると、三輪車のペダルが勝手に動き出したのです。キィ……キィ……キィ……』

○キィ↓キィ←キィ→

○コマンド入力やめてもろて

○ＤＪの皿回しかもしれん

そのおどろおどろしい配信とコメントの空気までもが合致していない。

配信の声は怪談師よろしく、よく通る静謐な声だが、コメントは恐怖心の表れか明るいものが多い。これでは雰囲気も台無しだ。

『三輪車はゆっくりゆっくりと動き、その進行方向は私が立ちすくむ窓のほうに向けられます。キィ……また近づいて、キィ……また近づいて、三輪車はとうとう窓の死角に入ってしまいました。私は恐怖で動けなくなりました。三輪車が見えなくなっても黒板を引っ掻くような音は耳に響いてきます。——来る。本能的に私はそう思いました』

——ピンポーン。突然、配信の奥でチャイム音が鳴る。

「きゃああああああ⁉」

海那《みな》が驚いて悲鳴を上げ、業のベッドに飛び込む。
○うおっ、びびった
○ぎゃああああああああああ
○仕込みすげえｗｗｗ
『ごめんなさい。……え？　いえ、仕込みではありませんよ。配達の人が来たのかもしれません。ちょっと失礼します』

断《こと》わりを入れ、もめんは席を離れた。

大した離席にならないと思ったか、マイクも切らずに部屋を出ていく。

そして思いのほかもめんは早く戻り、ゆっくり扉を閉めた。

『ヤマトの人でした。最近 Amazon で資料を買い込んでいて。失礼しました』
○ヤマトの空気の読み方よ
○一役買いましたなｗ
○三輪車で配達に来たんか？
業はいまの一場面に意識を傾けながら、後ろを振り返る。

「おい、ミーナ」

海那は恐怖に駆られていた。

この話を聞き続けたら自分も深夜二時二十二分に目が覚めるようになり、同じ恐怖を味わうのでは、とすっかり信じ込んでいる。

巷《ちまた》には聞くだけで伝播《でんぱ》する呪いもあるとか。

海那は最後のオチまで聞くことは諦め、布団《ふとん》を被《かぶ》り、ぶるぶると震えていた。

今夜は絶対に夜道を歩けない。

機転を利《き》かせ、自分の役割はここにはないと開き直ることにした。

iPhoneを取り出し、また稀林《まれりん》アミィにDiscordでチャットを送る。先ほど耳にした『十万人達成炎上』という、わけのわからない炎上の背景を探るためだ。

アミィは応答が早く、通知がピコッと鳴った。

「カルゴさん、アミィちゃんと連絡が取れそうです！」

配信画面を視界の端に押しやり、海那は意気軒昂《いきけんこう》に言う。

なんと文句を言われようと、怪星もめんの配信は荒れていない。それが確認できれば業《ごう》ももう十分だろう。

「アミィ？　例の炎上の件か」

「はい。ちょっとお話を聞いてみますね」

海那はキッチンのほうに向かった。

内心、おどろおどろしい配信から逃げることができ、ほっとしていた。

9

海那はホットココアをキッチンテーブルに置き、気持ちを落ち着かせる。

ワイヤレスイヤホンを装着したそのとき、ちょうど通話がかかる。

「もしもし？　アミィちゃん？」

『わぁぁあ～！　聞いてよミーナちゃぁああん』

通話が繋《つな》がるや否《いな》や、泣き始めるアミィ。

「ど、どうしたんですかっ」

『もう何から話せばいいかわかんない。悔しい悔しい～……』

「ちょ、ちょっと待ってください」

海那は iPhone メモを起動した。

アミィの矢継ぎ早な物言いに海那もどきどきした。最初の印象から察するに、例の『十万人達成炎上』で相当ダメージを追ったのだろう。

落ち着いてココアを一口飲み、海那は深呼吸した。

「炎上のこと、話してくれるんですよね？」

『うん。むしろ聞いて～！』

アミィは勢いまかせに話しはじめた。

『三日前のゲーム配信のときなんだけどね。リスナーさんからのコメントで――その先のポスターを調べればエンディング分岐するよ、ってネタバレコメが来て。あ、そだ。ちなみにやってたゲームは【洞穴のカンテラ】って流行《はや》りのゲームなんだけど、死にゲーって評判なの。エンディングが十七通りあって、これがまた回収もエグいらしいんだ』

「そうなんですね」

言いながら、海那はどんなゲームなのか想像もできなかった。

『まぁゲーム自体は別にいいんだけど、それでアタシも【初見】って配信タイトルに書いてあったし、概要欄にネタバレNGとも書いてたから注意したのね？――あ、ネタバレやめてくださいってさ。ていうかフツー注意するよね？ネタバレじゃなくても指示コメってマナー悪いし、アタシも別に完クリ目指してたわけじゃないからさ』

「気持ちはわかります」

『ね。ほんとゲームしてると必ず指示厨《ちゅう》って湧くよね。アタシそんなにゲームってこだわりないしさ、楽しんでやりたいエンジョイ勢なわけ。そんな感じでちょっとばかし雰囲気が悪くなって、コメントも自治厨と指示厨でレスバ状態』

自治厨とは、場の雰囲気を守ろうとする風紀委員のような存在だ。

『アタシもぶいらん入る前からファン抱えてるから……まぁ、ぶっちゃけガチ恋っぽい人たちなんだけど、それでもずっと追ってくれてるの嬉《うれ》しくて感謝してるし、そういうときはすごく頼もしいんだよね。コメ欄荒れたときの擁護って神かって思う。アタシのほうがガチ恋しそうになるし。まぁ冗談だけど。……けど、心ではあぁぁあ好きぃいいってなってるよ。これ全VTuber頷《うなず》き案件だと思う』

「はぁ……」

海那は頷けなかった。

アミィの話は端々で脱線が挟まるため、海那はメモがぐちゃぐちゃになっていた。

『まぁアタシももうV長いし、配信が荒れるの慣れてるから放置でいいやってゲーム進めてたんさ。で、結局四時間……？　だったかな。洞カンもやっとクリアできたのよ。んでスパチャの読み上げをして終わろうとしたら、もうっ……信じられないっ！　スパチャのところに【配信荒らして十万達成した女】って書いてあったの。はぁああ!?　意味わからんし。チャンネル見たら十万人、突破してたっ――洞カンのプレイ中に十万人だよ!?　しかもスパチャでわざわざ言う⁉　１２０円のスパチャでさぁ！』

「おっ、おめでとうございます」

『ありがとミーナちゃん』

「そのスパチャは……純粋なお祝いじゃないんですか？」

『ううん。それがね、ヤバいの』

「……どうして？」

VTuberにとってチャンネル登録者十万人は一つの節目だ。

YouTube公式から届く銀の盾は、そこに中の人が反射しないようにカメラの射線を考慮してＳＮＳに投稿。ファンと祝うのも定番の光景である。

『これに関してはアタシのせいかもしれない……』

アミィは溜《た》め息まじりに言う。

『いつだったかな。二週間くらい前？　そのときの雑談で十万人耐久配信はなにしようかってリスナーさんと作戦会議したことがあってさ。……あれ、そういえばミーナちゃんともそのときに久々に通話したんだっけ』

「あっ」

海那は気づく。

喰代《ほおじろ》ダフの炎上について調べているとき、アミィと連絡を取った。

そのときの配信で、確かに十万人耐久配信をどうするかとアミィがファンと相談を交わし合っている姿を見かけている。

『あれはただの雑談のつもりだったのよ。公式企画じゃなくてね！　……だけどあの配信で、リスナーさんもてっきり十万人耐久をやると思ってたみたいでさ』

「そういえばやってましたね。YouTube先輩がどう、とか」

『そそそ。覚えててくれたんだっ。あのときは本当に耐久配信をやるかどうかはわかんなかったけどね。アタシってほら、バチバチの新人じゃないじゃん？　マネージャーさんもこの先の伸び方が予想できないって言ってたし。ただでさえグループデビューのVTuberってどう転ぶかわからないでしょ？』

「そうですね。爆発的に伸びる新人VTuberさんもいますし」

大手グループからのデビューは、たとえ同期の間でも差がある。

一気に数十万人のファンが付くこともあれば、十万人に届かず伸び悩むこともある。

エンタメの世界だ。どう転ぶかは誰にも予想できない。

『だからね、加入して二ヶ月のアタシが、すでに八万人の登録者がいた状態から伸びる伸びないっていうのはまったくの未知数だったのよ。だからついこないだ九万人いったあと、すぐ十万人届くとは思ってなかったわけ！　アタシ自身もね！』

「すごいことですよ」

『ううん。ミーナちゃんのおかげだよ。どこかでファンって推しの関係者のことも見てるし、その空気を肌に感じていると思う。ベサノの粘着があったら、稀林組もアタシとの距離を感じて、きっと離れてたよ』

あけすけに語られ、海那はその姿勢にすっかり感心していた。

アミィは理屈や分析を重んじるタイプではない。だが、ファンとの距離感や自分自身が生き残るための立ち回りなど、常日頃からそのセンスを研ぎ澄ましているようだ。

『だけどまた窮地ぃ〜。どうしよ〜』

「実際、いまはなにが起きてるんですか？」

『あのスパチャ。――【配信荒らして十万人達成した女】っていうフレーズを気に入った切り抜き師が、そのハイライトを切り抜いてアップしたのよ。しかもそれが界隈《かいわい》でも有名な切り抜き師の人でさ。投稿も早くて……いま、再生数十三万回……』

「えぇぇえ⁉」

『最初はまだTwitterで揉《も》めてたくらいだったの。アタシが配信荒らして同接稼いだって騒ぐ連中と、十万人耐久配信の企画は？　って残念がる稀林組の構図。擁護してくれる人もいたけどね。けど、いまは切り抜き師パワーで絶賛拡散中ってワケ』

「それはまたひどい状態ですね……」

海那《みな》はメモを諦めた。

それは受け取り方の問題で、ネタバレを注意したからだ。

アミィが「配信を荒らした」と思われているのは、ネタバレNGと概要欄に書いているのだから、VTuberがそう発信すること自体はおかしくない。

だが、YouTubeには常識が通用しないことがままある。

いくら注意書きがあっても、概要欄を何人の人間が読んだというのか。

そしてその様子が拡散されたあと、元動画やその注意書き、荒れた経緯を最初から最後まで確認する良識的な人間がどれほどいるのか、想像しても悲しいだけだ。

「つまり……十万人耐久配信は公式企画でもなんでもなく、【洞穴のカンテラ】プレイ中に十万人を達成したのはアミィちゃんも不本意で……けれどリスナーさんからは、ファンを無下にして登録者を稼ぐためにリスナーを注意したと思われている、と……？」

『そうっ、そういうこと！』

海那は書き留めた経緯が間違っていなくてほっとした。

それにしても――海那はあらためてメモ書きを見直す。

確かに業と蛍《ほたる》が話していたように、燃え方が不自然といえば不自然だった。

『あ、待って。ほかから通話がかかってきた』

「マネージャーさんですか？」

『ううん。もめめんだ』通話の向こうでキーボードを打つ音が聞こえる。『ごめん。少し切り替えるね。また後でかけるっ』

「はいっ。いってらっしゃい」

ぷつりと通話が切れ、海那は首を傾《かし》げた。――もめめん？

海那は冷静に、冷めきったココアをこくこくと飲み干した。けれど、しばらく待ってもアミィから通話はかかってこなかった。

〇

ひとまず、業《ごう》には相談したほうがいいだろう。

居間に戻る。配信を見終えたあとのようで、業は椅子に深く坐ってくつろいでいた。

「切り抜き師……」

話を聞いた業は一言、そうつぶやいた。

「有名な切り抜き師みたいですよ」

「怪しいな。洗ってみるか」

スリープモードから復帰させ、業はパソコンでさっそくブラウジングをはじめた。

YouTubeでショート動画が全盛のいま、切り抜き動画によって存在を認知されるVTuberも多い。存在認知には切り抜き師の協力が欠かせない。

とはいえ、それが本人の望まない形で切り抜かれることもある。

視聴者の誤解を作り出すなら、最適なやり方だろう。

そのとき、ピコッと通知が鳴る。

○稀林《まれりん》アミィ　2022/10/08　23:41

ごめ🙏　ミーナちゃん、ちょっといまから通話はいれる？

海那はiPhoneを取り、通知を見る。

疑問符を浮かべる顔の絵文字を［リアクション］に付けてから返信した。

○ミーナ　2022/10/08　23:41

グループ通話ですか？

○稀林アミィ　2022/10/08 23:41
グループじゃなくて、もめめんとの通話
あ、怪星《あやぼし》もめめんちゃんね！w
ダフ先輩が燃えたときからのソウルメイト🤝♥
濡《ぬ》れ衣《ぎぬ》着せられてお互い大変だったからね

追加のメッセージを見て、海那ははっとなる。

大手【Vらんぶる】には六十人以上のVTuberが在籍しているが、アミィともめめんはその中でも個別に通話するような関係だったようだ。

海那はチャンスだと思い、二つ返事で了承した。

「どうかしたのか？」と業。

「もめめんさんが、わたしとアミィちゃんとの通話に混ざりたいそうです」

業は意外そうに「お」と口を開けた。

どんな話をするのか、興味があるようだ。

「おれも聞いていいか？」

「どうせ報告しますので」

海那はBluetoothを切り、ハンズフリーで通話を開始する。

『こんばんは』

まず聞き慣れない声で挨拶が投げかけられた。

さらさらとした清涼感のある声だ。怪星もめんだろう。配信の声は希薄な印象だが、通話となると、芯の強さを感じる。

「こんばんは。はじめまして～」

海那は適当に自己紹介し、アミィとはどういう関係かをまず伝える。

『この子が例の炎上に強いスペシャリストだよ』アミィが海那をそう紹介した。

「スペシャリスト……？」

海那は動揺した。

とうてい自分はスペシャリストとは程遠い。海那が業を見上げると、彼は黙ってiPhoneの向こうにいる二人の声に集中していた。

『へぇ～。そんな子がいるんだ。すごい時代』

怪星もめんはまるで、通話越しに品定めをしているかのようだ。

自然と海那は閉口する。なんとはなしに、もめんには気が抜けなかった。下手《へた》なことを言うまいと当たり障《さわ》りのない返事をすることにする。

『さっきまで、もめめんとも同じ話をしてたのよ』とアミィ。

「お二人は仲が良いんですね？」

『うん。もめめんは新人デビューで、アタシは個人勢からの加入組だったけど、ぶいらんで活動がはじまったタイミングが近かったからね』

「同期みたいな関係ですか？」

『どうだろうね』もめんが反論する。『同期とは少し違うかな。アミィはもう活動歴も長いし』その鬱然とした口調にはどこか棘《とげ》があった。

アミィがその言葉をフォローする。

『あぁ～……でもほら、炎上したときには声をかけてくれるわけだしっ！　これはもう家族みたいなもんよねっ。もめめん愛してるぞぉ！』

ちぐはぐな二人だが、海那にはその関係が羨ましく思えた。

企業に所属すれば、頼れる先輩や相談できる仲間に恵まれる。

苦境に立たされたときには公にしづらい不安を共有できるのだ。曲がり道が多く、路頭に迷いやすいこのVTuber活動でその存在はどんなにありがたいことだろう。

「羨ましいです。ぶいらんはベテランの先輩もいますし、たくさんの仲間に囲まれて活動しやすそうですね？」

『そそ。いつもほんとに感謝してる』

そこで、もめんが話を遮った。

『ミーナさん……ってVTuberなんですか？』

「はい。転生して、再デビューの準備中です」

『ふーん。個人勢か企業勢かわかんないけど、気をつけたほうがいいよ』

「どういう意味ですか？」

宣戦布告のような物言いだった。

『あやかりたいからって大手と絡《から》もうとすると、痛い目を見ることもあるからね』

あからさまな敵意を感じ、さすがのアミィもたしなめはじめた。

『……もめめん。その言い方はないんじゃない？』

『アミィだってこの二ヶ月で経験あるでしょ？　よくわからない有象無象のVが配信とかTwitterで絡んでくること。ぶいらんって大手だし、所属Vも多いから、末席にいるとそういうのが湧くんだよね』

『有象無象って……』

アミィは怪星もめんの冷徹な態度に引いていた。

人気VTuberのコメント欄には、YouTubeで活動をしていると思《おぼ》しき部外者コメントだったり、Twitterのリプライに他のVTuberが絡んでいたりというものをよく見かける。

それらは時として、宣伝や売名目的と誤解されることもあった。

そのため、相手が懇意にしているVTuberであれば、モデレーターに設定してコメントを青文字にするなどの文化もある。

もめんの悪態は続いた。

『それにミーナさんだって、アミィと絡んで延焼を食らったら嫌じゃないの？　わざわざ炎上してるところに首突っ込んで、売名厨《ちゅう》ってレッテル貼られても面倒くさいでしょ。それ目的でもないかぎり、ね』

「わたしはそんなつもりはないですよ」

海那もここまで言われると逆に冷静になれた。

仲良くする気がないなら、こちらも美辞麗句を並べ立てて気に入られる必要はない。

だが、一方で間に挟まれたアミィは湿り声になっていた。

『もめめん……アタシのこと、そんなふうに言うことないじゃん……っ』

家族同然に思っていた同期から腫れ物のように言われ、傷ついたようである。

『厄介払いのために言っただけ。アミィが部外者に相談したなんて言うから』

『ミーナちゃんはそんな子じゃないよっ！　アタシがぶいらんに来る前から、ずっと仲良くしてる子だし』

『その仲良しのVTuberが十万人を達成して、人気が出たからすり寄ってきたと』

『よくそんなことが言えるね⁉』

いつしかグループ通話は気まずい空気で充満していた。

稀林アミィのもとに見舞われた不幸な炎上など、忘れ去ってしまったかのようである。

もはやこれは公然の喧嘩《けんか》だった。

アミィは忍び泣きをしているようだし、もめんはむっつりとしている。

助け船を求めて海那《みな》が業に目配せすると、彼はスマホに打ち込んだ文字を見せてきた。

――ダフのことを聞け。

「そういえば」海那がおそるおそる沈黙を破る。「二人は一時期、喰代《ほおじろ》ダフさんの同棲《どうせい》相手として疑われていましたよね？」

『ミーナちゃん、ここでそれ聞く……？』

アミィは些《いささ》か驚いていた。

『ほらね。ただの野次馬なんだよ』

「ごめんなさい。でも心配になって……」海那は言葉を切る。「その件も二人には降りかかる火の粉だったわけですよね？　ぎくしゃくしなかったんですか？」

アミィがとたんに慎《つつ》ましくなる。

『……うん。まぁ確かに。あのときは大変だった。稀林組に心配かけたし。ダフ先輩には悪いけど、迷惑だなぁとも思ったよ』

『アミィ。あんまりそういう話は――』

もめんの暗い声が、あの座敷《ざしき》わらしの姿を彷彿《ほうふつ》とさせた。

『ミーナちゃんなら大丈夫だってば』洟《はな》を啜《すす》り、アミィが言い返した。

『ダフさんのことを悪く言わないでって言ってんの』

『でも、この際だからぶっちゃけて言うけど、あの凡ミスはダメでしょ』今度はアミィがかっかしはじめた。『ただでさえ、ぶいらんで過去一伸びて注目を集めてるんだしさ。アタシだって個人勢の頃の友達からたくさん連絡きたけど、これでもちゃんと運営さんの指示通り黙ってるし、そのたび友達に隠し事してるみたいでしんどいんだよ』

「ごめんなさい、アミィちゃん……」

海那は自分もその一人だと気づき、蚊の鳴くような声で謝罪した。

『そんなに苛々《いらいら》して言うようなこと？』もめんは嘲笑する。『あの程度で迷惑だなんて、私はまったく。情報漏洩《ろうえい》は禁止って当たり前のルールだし』

その言葉がアミィの逆鱗《げきりん》に触れた。

『あの程度⁉　アタシの配信がどれだけ荒れたと思ってるの？　登録者も減ったんだよ。怪星もめんとは逆にね！　それだけじゃない。あのとき燐香《りんか》先輩が助けてくれなかったらマネージャーにメールとかLINEとか、全部見られるところだったんだからっ』

　ふいに海那は眉間にしわを寄せた。

「燐香さんが何かしたんですか？」

『マネージャーさんにダフと付き合ってたって嘘《うそ》をついてくれたの』

『本当はそんな事実ないのにアタシたちを庇《かば》うためにね』

「え……」

「ああ——」

　企業勢VTuberにとって、責任を追及されるのはリスナーからだけではない。運営側にもペナルティを科されるのだ。

　影山蛍《かげやまほたる》は二人を庇うため、運営に嘘をついて責任を背負ったわけだ。

　なんて自己犠牲的な人だろう。彼女の優しい嘘は至る所にばらまかれている。

　憐憫《れんびん》の情が湧いたところ、もめんが冷や水をかける。

『その燐香さんも何を企《たくら》んでいるかわからないよ。一期生だからって理由ですぐ企画が通るしね。裏で運営と枕してるのかも』

海那は溜《た》め息が出た。

この通話がこんなろくでもない方向に発展するとは思いもしなかった。

アミィも衝撃で声を震わせている。

『信じられない……。そんな馬鹿なこと言うなんて』

『アミィの登録者が減ったのだって、自分の実力不足でしょ？』

もめんの憎まれ口は止まらない。

ぎり、と歯嚙《はが》みする音が鳴った。

『そう……配信で女を売りにしないもめんにはわからないだろうね。ネットで拾った怖い話でも読んどきゃ、楽に配信ノルマも終わるんだから』

これにはもめんも怒ったようだ。

怒気に満ちた吐息を一度漏らして言う。

『はぁ？　それなら、私と勝負する？』

『何の勝負よ？』

『私のこと見くびってるみたいだし、一度はっきりさせたほうがいいと思うの。洞カンでどっちが先に全エンディングを回収できるか勝負ってのはどう？　もちろんコラボ配信でお互いのリスナーにも公開ってことで』

『RTAってこと？　そんなの勝てるわけないじゃん』

『じゃあ、さっき言ったこと謝って』

『そっちの得意分野で勝負なんて不利に決まってるでしょ！』

こんな調子で二人の口論が続く。

現役女性VTuberの生の喧嘩は壮絶な破壊力があった。

もしかすると海那が知らないだけで、VTuberグループはどこでも日夜、こんな口論を繰り広げているのかもしれない。

海那はマイクをオフにして、業《ごう》に声をかけた。

「あの……」

「どうした？」

業は相変わらず、しれっとしている。

「これ、お二人ともわたしがいること忘れてませんか？」

「怪星《あやほし》もめんの性悪さがよくわかるな」

業は興味深そうに二人の口喧嘩《くちげんか》を吟味していた。

「これは、白虎《びゃっこ》燐香の悩みを解消する手がかりになるかもしれない」

「……どういうことですか？」

「調べたところ、ダフとの同棲疑惑がかけられて延焼を食らったのはアミィだけ。燐香は休止中で、もめんに関しては逆に名前が広まってチャンネル登録者が増えた。三万人が五万人にな。要するに、あのダフの同棲疑惑騒動で怪星もめんは炎上商法に成功し、損するどころか得をしたってわけだ」

「女を売りにしてないってそういうことだったんですね」

「そうだ。それから【洞穴のカンテラ】――これもプレイヤーのリアクションがはっきりしたゲームで、切り抜き師が動画編集するときにも見せ場をつくりやすく、連中のつくる動画の素材には持ってこいのジャンルだよ」

「それがなにか……？」

「おれが思うに、アミィの十万人達成炎上を企てた首謀者がいるとすれば、それはその一場面を拡散した切り抜き師本人か、切り抜き師をそそのかした第三者くらいだと思う」

海那は眉間にしわを寄せ、首をひねっている。

「もめんはどうして【洞穴のカンテラ】が得意なんだ？　活動実績を漁《あさ》ってみても、活動スタイルは例の怖い話とそのゲームだけ。おかしいと思わないか？」

「うーん……」海那は逡巡《しゅんじゅん》した。

けれども業のように疑《うたぐ》り深く物事を見つめたことがないため、ぴんと来ない。

「おれのほうでその切り抜き師と他で起きてる炎上との関係を洗ってみる」

業は即断してPCに向かい、キーボードを弾《はじ》きはじめた。

「……」ミーナはその迷いない背中を見て焦燥感をおぼえた。

VTuberになっても自分はどこか無力で、波瀾《はらん》のときには手をこまねくばかりのお飾りになっている気がした。

強くなければ多くを救えない。

そう認識したのは、つい最近のことだ。

『――アミィみたいに洞カンごときで四時間もかかるようじゃ、リスナーも苛々して指示の一つや二つも出したくもなるよ』

通話では、まだもめんの誹《そし》りが続いていた。

アミィもすっかり喧嘩腰で売り言葉に買い言葉が続く。

『あっさりクリアして面白さが半減したらもったいないじゃんっ。じっくり遊んだほうが初見のリスナーさんも見やすくて一緒に楽しめるでしょ』

『そうやってわざと何にもできない女のふりして媚《こ》びてるんだ？　そんなやり方で騙《だま》されるリスナーもリスナーで馬鹿丸出しだよね』

『は……。アタシのことを悪く言うのは我慢できるけど、リスナーさんを悪く言うのだけは許せない』

　アミィは頭にきたようで、口ぶりが冷たくなっている。

『ほかに誰も聞いてないんだからいいでしょ。私はそういう〝嘘でできた関係〟って本当に無理。どうせバレて燃えるんだからさ、最初から媚びなきゃいいのに。――昔からVやってる人ほどそうだよ。燐香さんも演技っぽいところあるし』

　ももめんの言い分には先人への敬意が欠けていた。

　白虎燐香は魂の持つ演技力の高さゆえ、VTuberとしても〝作られたキャラ〟の感は確かにある。けれども、その力で他のVTuberをフォローして助けてもいる。

　その支えを無下にする発言には、海那も憤《いきどお》りを感じた。

『だからかな。どこか信用できないんだよね。あと有名なのは誰だっけ。ナントカノアとかいう――』

　海那は我慢ならず、意を決してミュートを解除した。

「ちょっといいですか」

『ん？　あぁ、まだいたんだ？』

「わたしが勝負に乗ってもいいですか？」

『勝負……？』

もめんが意外そうな反応を見せる。

「もめんさんとのゲーム対決です」

『ミーナちゃん、やめたほうがいい。もめんは洞カン、すごく上手《うま》いよ』

『売名のつもり？』もめんが警戒して言う。

「そういうわけじゃないですけど」

海那《みな》は決然と言った。

ふと見ると、業が振り向いて困惑した目を向けている。

「アミィちゃんや燐香さんに失礼なことを言ったの、謝ってほしいんです。わたしが勝ったら二人に謝ってください」

『私が勝ったら何をしてくれるの？』

「あ、それは……」

海那は目を泳がせる。考えなしだった。

だが、もしこれが敬愛するVTuberの体面を守る戦いになるのなら、水闇《みずやみ》ガーネットの存在意義を賭けた戦いにもなるだろう。

「……引退」

海那はぼそりとつぶやく。

『引退？　VTuber やめるってこと？』

「わ、わたしが出せるものは何もありません。自分を賭けて切腹するくらいですっ」

『ふーん。ま、私のメリットにはならないけど、それでいいよ』

業は珍しく動揺して、咎《とが》めるように海那を見ていた。

海那は唇の動きで「だって」と言外に伝えた。

本格的な活動もはじめていないうちに引退は、海那も嫌だ。けれど、差し出せるものはそう多くない。ならば捨て身でしか勝負はできない。

『じゃあ、来週土曜日の八時にやろっか。楽しみにしてるよ』

直後、もめんから Discord でフレンド申請が飛んできた。

まるで挑戦状のようだ。少ししてもめんは通話を切り、残されたアミィがもめんへの恨みを吐き出す。

『馬鹿げてるよ、あんなの』

「すみません。わたしが余計なことを……」

海那は二人の口論のきっかけをつくったことに気が咎めていた。

『ううん。むしろすっきりした。最初はズッ友ムーブをかましてたけど、実はぶいらんって VTuber 同士はそんなに仲良くないの』

「えっ、そうなんですか？」

『ぶっちゃけビジネスフレンドだよ』

アミィは自嘲気味に言ったが、強《したた》かさも感じられた。

『ここだけの話さ』アミィは話を続けた。『もめんも、本当ははじめから心霊とか怪談とか、そういう路線で売りたかったわけじゃないみたい』

「というと？」

『デビューがちょうど夏休みの時期だから、オカルト路線で売り込めばYouTubeのアルゴリズムに乗って伸びるんじゃないかって戦略だったそうだよ。狙いは外れて、あの座敷《ざしき》わらしも季節に取り残されたってワケ』

海那は頭を抱える。

かつての自分自身だった緑髪のVTuberが思い浮かんだ。

あてがわれたガワを愛せなくなった魂。これではまるで自分と同じではないか。以前の鏡《かがみ》モアと自分自身。

怪星もめんの呪詛《じゅそ》にまみれた、あの擦れた態度はその歪《ゆが》みが生んだのだ。

『ミーナちゃん、絶対に負けられないね。洞カン』

「え、ええ」

『ちなみにホラーゲームは得意なの？』

「ホラーゲーム？」

業が洞穴のカンテラはリアクションがはっきりしていると言っていたが――。

海那の顔がみるみる青ざめていく。

『あれ、てっきり知ってるのかと思ってた』

「いえ……それどころか、怖いのは苦手です……」

『……まじ？』

海那は涙目で業を見上げる。

業は鋭い目つきで、通話の向こうに消えたVTuberを追うようにiPhoneを見ていた。

10

演劇部では一年の集大成である文化祭を最後に、三年生がとうとう引退した。

花《はな》は文化祭の打ち上げを終えたあと、正式に部長に就任した。次は十二月の地域文化会館の公演に向けた練習がはじまる。もうそれほど日もない。

脚本選定のための読み合わせ。ミーティングで監督と演出決め。配役オーディション。はじめなければならないことが山積みだった。

ぼんやりとこれからの活動案を考えながら、早めに家路につく。いまは嵐の前の静けさという時期で、部活も三日ほどはリフレッシュのため、オフが続いた。

玄関を開けて下を見ると、姉の靴がある。

夕方早くから互いに家にいる日も珍しい。花は二階のほうに声をかける。

「お姉ちゃん、ただい――」

「――は終わりにする！　もう代わりはやりたくないの！」

一階までそれは響いてきた。

リモートで打ち合わせ中なのだろうか。それにしても熱のこもった声だ。

心配になって階段を上がり、蛍《ほたる》の部屋まで近づく。聞き耳を立てる気はなかったが、容赦なく誰かと会話する声は聞こえた。

「だって私には燐香《りんか》の活動が――え？」

やはり【Vらんぶる】の関係者と通話中らしい。

「まだ引退じゃない。復帰する見込みも話してたし、そっちとコラボする計画だって一緒に考えていたでしょう？」

誰との会話だろう。口ぶりからして、相手もVTuberであるような気がした。

花はそれ以上盗み聞きすることに良心が痛んだが、蛍の震えてうわずった声音が気がかりで、辞去することができずにいた。

「確かになくなったけど、それはダフくんがやらかしたからでしょう……っ」

「ダフ……？」

花は胸騒ぎがした。蛍はいま、通話相手のことをダフと呼んでいた。

次第に心臓が早鐘を打つ。

「あのときは誰といたの？　まさか本当にぶいらんの子といたんじゃないわよね？」

蛍の追及に苛立《いらだ》った通話相手が怒鳴った。「おまえには関係ないだろ！」

扉を挟んで廊下にいる花にまで聞こえるほどの大声で。

「あっ、待って……！　あ……」

力を失っていく蛍の声。

それから小さな足跡が聞こえ、蛍が扉を開けた。

「どうしよう……」

意気消沈した声が廊下に響く。

花はそれを、慌てて駆け込んだ隣の自室で聞いていた。

「あら？　花……？　どこかにいるの？　……花？」

心臓が鳴り止《や》まず、花は部屋から出ていくことができなかった。

翌日、花は昨夕に聞いてしまった蛍の通話について思いを巡らせていた。

いくら振り返っても、喰代《ほおじろ》ダフとの通話だとしか考えられない内容だった。けれど喰代ダフの魂は姉——影山《かげやま》蛍ではなかったのか？

「うーん……」

花は机に頬杖《ほおづえ》をついていた。

蛍が嘘《うそ》をつき、ダフを偽っていたとしたら何か理由があるはずだ。

たとえばそう、憧れの男。蛍がダフに人知れず想《おも》いを寄せていて、その独占欲ゆえに自分自身がその本人だと偽る、とか。

その思いつきは花自身がすぐ否定した。

蛍にかぎって、それはあるまい。逆にみんなから憧れられる存在だ。

恋心を抱いた素振りも見せなかったし、それよりまたグループ全体のためにそうしたという動機のほうが、よっぽど蛍がやりそうなことだった。

まして、一人の男に振り回される隙など見せた試しがない。

そこで花は気づいた。

業《ごう》が隣の席からこちらをじっと見ている。

「なによ、カルゴくん。私のことが気になるからって、そんなに見ないで」

「見ていたのはそっちだろ。何か用か？」

「えっ」花は自覚して赤面した。

実際、考えに耽《ふけ》りながらしばらく業を見ていたかもしれない。不覚だった。

花はそっぽを向く。まずは意思表示。そのあとに言い訳だ。

しばらくして、この秘密を共有すべき相手がすぐそこにいることを思い出した。顔を合わせたくなかった花はひとまずLINEを送る。

――放課後、また私の家まで一緒に来て。いい？

すぐ返事があった。

――おれもちょうど行きたいと思っていた。

花はドキドキして机に突っ伏した。隣の朴念仁は自分が何を言っているのか、そしてその言葉がどう受け取られるのか、想像を膨らませる力があるのだろうか。

放課後まで花は努めてそっぽを向き続けた。

11

夕陽《ゆうひ》が差し込む昇降口まで着き、下履きに履き替えて身を屈《かが》めたとき、そこに伸びる黒い影に花は気づく。

「……？」顔を上げる。

そこには泰然と立ち尽くす、白い髪の男がいた。

背景の赤がまるで、炎をまとうオペラカーテンのようだ。

文化祭での大役の疲れが残って見間違えたのだろうか。花が靴を履き替えて近づくと、やはりそこにはその男が待っていた。

「カルゴくん……？」

「花」静謐《せいひつ》な声が届く。実のところ、彼の声が花は好きだ。「一緒に帰ろう」

そう言うと業は踵《きびす》を返《かえ》し、昇降口から出て行った。

花は訝《いぶか》って小走りに追いかける。マイペースな男だ。

「どうして私の家に来たいの？」

「それはこっちの科白《せりふ》だ。どうして家に誘った？」

「……ちょっとお姉ちゃんのことで気になってることがあるのよ。学校で話をしてたら、また変な噂《うわさ》が出回るでしょ」

「……」業の目はなにかを察していた。

「カルゴくんはどうして？」

「ちょっと、いまは家に帰りたくなくてな……」

業は疲れた目で言った。

「ん」花は頭を働かせる。「ミーナさんのことはいいのかしら?」

「あいつがいるから、というのもある」

花はぽかんと口を開けた。

これではまるで、いまの恋人に息苦しさを感じ、別の女の子に会いに行く浮気者《うわき》のそれではないか。その白羽の矢に立ったのが自分だとでも……?

二番目の女?

それはプライドが許さない。だが、頼られることは純粋に嬉《うれ》しい。

駅の改札を通過するまで花は気が気でなく、これはまさか、高校生活を彩《いろど》るあの一大イベントのフラグが立ったのではないかと疑いはじめた。

それは困る。ただでさえ、これから部活も一層忙しくなるというのに。

影山宅に着くと、花は急いでスリッパを整えて業に差し出す。

その扱いは初めて訪れたときより丁寧だ。

この家は、業の羽を伸ばす居場所になるだろうか。花の頭にそんな雑念がふいに浮かんだが、一瞬で冷静になり、馬鹿らしく思った。

「花」

「……は、はい」

「蛍さんのことだが」業は言葉を選びながら言う。

「お姉ちゃん？　私じゃなくて？」

「……？　蛍さんのことだ。もしまた信じられないことがあっても、あの人は──」

業が何か伝えようとしたとき、二階のほうから声がした。

「花なの？」蛍が呑気《のんき》に階段を下りてくる。「今日も早いのね。おかえりなさい」

「今週は部活もオフ。リフレッシュ期間なのよ」

「あっ、カルゴくんも」蛍が目を丸くする。

「お邪魔しています」

三人の間には微妙な空気がただよっていた。

それぞれ理由があって自然体ではいられず、その訳も互いに察し合っていた。口火を切ったのは苅部《かるべ》業だった。

「今日は蛍さんに告白があって来たんです」

「ぶっ……。げほっ……ごほっ……」咳《せ》き込む花。

「こないだ蛍さんが家に来たときから、伝えないといけないとずっと思ってました」

「いつの話⁉」花は二人を交互に見比べる。「ちょっと待って。お姉ちゃん、カルゴくんになにしたの⁉」

「え……。あっ、その……」蛍は口ごもる。

「花《はな》、ちょっと黙っててくれないか」

「はぁあ⁉　私の立場はどうなるのよっ。私はただの紹介役⁉　確かにお姉ちゃんは魅力的だけど、ミーナさんでも私でもなくてお姉ちゃん⁉　いい加減にしてよっ」

「あんたにはもう伝えたことだ」

「んんっ……⁉」

花は顔を真っ赤にして閉口した。

「正直言うと、おれは蛍さんが思うような真っ当な人間じゃない。過激な推し活、引退した推しへの固執……それでこんな姿になった。こんな白い頭に」

花は頭を抱えて玄関にうずくまった。

なぜ我が家で青臭い告白の前口上に耳を傾けなければならない？

「おれは乃亜《のあ》が引退してから一年、どうにかして乃亜との別れに心の整理をつけたくて、VTuberの炎上を扱うブロガーをやっていたんです。——荒羅斗《あらと》カザンという名前で」

業はばつの悪そうにスマホを取り出し、そのブログ【燃えよ、ぶい！】を蛍に見せた。

「白虎燐香《びゃっこりんか》のことも記事にしたことがあります。乃亜のグッズを映したあの配信です」

「このブログ……」

「……その配信は私にとっても黒歴史で、よく覚えてるわ」

「おれは、あのときの自分を後悔している……」業は続けた。「何度も振り返って、後悔して、それでも失ったものは取り戻せなかった。だけど、失っていないものもあると教えてくれた子が現《あら》われて、少し前を向けるようになりました。……実は、こんな話をしたのはおれがまた荒羅斗カザンに戻る必要があると思ったからです」

いつしか玄関には重たい空気がただよっていた。

蛍《ほたる》も花も真剣に業の告白を聞いている。

「蛍さんを救うために」

「私……？」

「おれは白虎燐香に戻ってきてほしいです。それは過去に執着してるからじゃない。未来を見ているからこそ復活してほしい。その思いと向き合うためのけじめを、今日つけにきたんです。――ごめんなさい。おれはあなたを晒《さら》したことがある。そしてまた、晒すことになるかもしれない」

業は蛍の前で深く頭を下げ、もう一度謝った。

「本当に、ごめんなさい」

蛍はその頭に慈愛の手を差し伸べ、優しく撫《な》でる。

「カルゴくん……。そんなふうに思い詰めないで。間違えるのはみんな一緒だから。だからカルゴくんはもう、自分自身を許してあげて。ね？」

灰を被《かぶ》った髪が梳《す》かれていく。

業は目頭が熱くなった。頭を上げて、優しげな蛍の目を見返す。

「ありがとう、ございます……」

「これで私たち、なんでも言い合えるノア友になれたよね」蛍は微笑《ほほえ》む。

「……はい」業は静かに頷《うなず》いた。

蛍は花のほうに目をやる。

「花にもちゃんと言わないといけないことがある」

花はつんとした態度で長い髪を払った。

「知ってるわ。ダフはお姉ちゃんじゃないっていうんでしょ」

「……気づいてたの？」

「昨日ね。……というか、今日はそのことでカルゴくんを呼んだのに、なんだか水を差された気分よ」

「花……」蛍は申し訳なさそうに目尻を下げた。

「お姉ちゃんこそ思い詰めないこと」

花は笑顔を向けた。

「それが誰かのためだってことも、私にはお見通しだから」

花は空気に堪えかね、はいはいと手を叩《たた》いた。

「ほら、カルゴくんも座って。こないだはお茶も出さなかったけど、今日はちゃんとおもてなしするから」

12

「ぶいらんの炎上のほとんどに、とある切り抜き師が関わってます」

業《ごう》はお茶を一口飲んだあと、そう切り出した。

「この三ヶ月で七件中、五件。それも配信後に一番手で動画が上がってる」

「切り抜き師……？」花が首を傾《かし》げた。

「〝ぜっくん〟という名義で活動してる切り抜き師です」

「ぜっくん？」反応したのは蛍だ。

「聞いたことが？」

蛍は口元に手を添え、何か思い当たる節があるように虚空《こくう》を見つめていた。

「誰かがそう呼ばれているのを聞いたような……」

「だったらこの名前はどうですか？　――ネオ」

花は業が繰り出す名前の数々が、いったいVらんぶると何の関係があるのか見当もつかず、会話に加われなかった。

「ネオ……さん」蛍は反応した。

「知っていましたか？」

業の決然とした瞳は、ほとんどその正体を摑《つか》んでいるかのようだった。

「ダフがもめんさんのことをたまにそう呼ぶのよ」

「その二人には交友関係があるんですね」

「というか、もめんさんをぶいらんに誘い入れたのがダフだった。別名義の活動は珍しくないし、それぞれがどこで繫《つな》がっていたなんて気にしてなかったけれど」

蛍が語るにつれ、業の瞳はぎらつきはじめた。

「蛍さんはいま、ダフと通話できますか？」

「えっ」蛍は動揺してテーブルのスマホに目を向ける。

「かけてみて、繫がったらもめんとの関係について聞いてほしいんです」

業は平然と言うが、蛍は気の進まなさそうな様子だった。

「……無理強いはしませんが」

「ううん。やってみるけど、いいのね？」

むしろ業と花を気遣うように確認してから、蛍はダフにDiscordで通話をかけた。ハンズフリーにして机に置き、緊張した面持ちで応答を待っていた。

『——なんだよ？』

通話に出た。花は縮こまり、業にそっと身を寄せる。

「連日ごめんね。ちょっと話したいことがあって」

『昨日の件は考え直したってか』

通話の向こうでカチャカチャと音が鳴っている。ゲームのコントローラーだろうか。

「昨日のことは変わりません。もう代わりをやるつもりはないわ」

『……ああ？』

それからダフは気を害したように不機嫌な声になった。

「今日はもめんさんのことで教えてほしいことがあるの」

蛍は律儀《りちぎ》に業の頼みを全うしようとしたが、当のダフ本人は逆鱗《げきりん》に触れたように、急にがなり立てた。

『なに言ってんだ！　はじめに代役を提案したのはそっちだろうがっ！　それでいまになってやらないってなんだ⁉　グループみんなで支え合おうって言葉は嘘《うそ》かよっ！』

「それはグループにいれば、助け合いもできるよって意味で――」

『何が助け合いだよ！　そのくだらねえ仲間意識のせいで、あのクソ運営の出頭ルールだっていつになってもなくならねえじゃねえかっ！』

ダフの咆哮《ほうこう》は止まらず、支離滅裂に話が散らかっている。

「待って。聞いてほしいの。もめんさんの話……」

『その上でネオのことだぁ⁉』

ダフが吠《ほ》える。影山《かげやま》宅のリビングがその声だけで震えているようである。

『こっちが代行はじめたのがそんなに気に入らないってか⁉　ええ⁉』

「……待って。何の話？」

『おまえが教えたことだろ！　VTuberは代行プレイしてなんぼってなっ』

「そんなこと、私は教えてないわ」

『はじめたのはそっちだろ。おかげで俺も一ヶ月謹慎。暇でやってることなんだから、文句言われる筋合いはねえ！』

蛍はダフの言い分が理解できず、首をひねるばかりだ。

どうして怪星《あやぼし》もめんの話に触れようとすると、ダフはこう怒り出すのだろう。

蛍が怪訝《けげん》に思って言葉に詰まると、業が口を挟んだ。

「——ぜっくん」

『は？』

「おたくがぜっくんか？」

『誰だテメェ。燐香の男か？　——ははっ、休止中に男作ってイチャついてるなんて白虎隊が聞いたらガチ泣き案件だな』

「もめんとは前世からの付き合いだな？」

『なんなんだテメェ。あんな面倒な女、どうでもいいだろ』

「面倒なのに代行して手伝うのか？　いまカチャカチャと何やってるんだ？　——洞穴のカンテラか？」

業が尋ねた次の瞬間、ぶつんとダフの通話が切れた。

静寂が戻ったリビングで、花は深呼吸して、蛍はほっと胸を撫で下ろしていた。

「……いつもあんな感じだよ、ダフくんは」

「想像通りのクズでした」

「私のプロデュースが間違ってたんだと思う……。前はあんなんじゃなかったんだけど、数字が伸びるにつれてどんどん気が大きくなってあんなふうに……」

　蛍はしおらしくなって言葉尻が弱くなった。

「もめんさんのこと、聞き出せなくてごめんね……。どうも話が噛《か》み合わなかったわ」

「いや、きっちり噛み合いましたよ」明快に業は言う。

「何かわかったの？」

　業はこくりと頷き、蛍に次の手を打ち明けることにした。

○

　西の地平線が薄《うっす》らと赤い。

　業は家路についたが、花《はな》が送ると言ってついてきた。

「ダフの中の人ってあんな感じだったのね」

「ガワ負けしないクズ野郎だ」

「カルゴくん、よく平気だったわね。私なんてもう……」花は肩をふるわせる。

「どうせ通話じゃ手も足も出せない」

「そういう問題じゃないと思うのだけど」

　ふいに風が吹き、花がコートの襟元を押さえて寒さに堪えた。その姿を見て業が気遣う。

「ここまででいい。おれは一人で帰れる」

そう聞いて、花は放課後の会話を思い出していた。

どうして業は家に帰りたくなかったのか。

半同居人が原因なら自分が役に立てることもあるのではないか。

「もし迷惑じゃなかったら、私からミーナさんに言ってあげてもいいけど？」

「うん？」

「ほら、カルゴくんって一人で過ごすのが好きなタイプでしょう？　もし家に居場所がないと感じたなら、私も少し役に立てるかなって。私の家もいつでも貸すし」

業は目を見開き、期待に満ちた目で真っ直《まっす》ぐ花を見返した。

その反応に花はどぎまぎさせられる。

「本当か？」

「う、うん……」

「そうか。それなら協力を頼みたい」

花は心でガッツポーズをした。

「い、意外と女の子の押しに弱かったのね。そういうことなら私にまかせて」

「そうか。ところで——」

「なに？」

「ホラーゲームは得意なのか？」

「は？」


業の家に着くと、耳をつんざく悲鳴が絶え間なく轟《とどろ》いていた。

「きゃあああっ⁉　はやく動いて⁉　そこじゃないですっ――あああああっ」

「なによこれ……」

花は部屋の惨事を見てがっかりした。

派手な髪の色をした美少女二人が、パソコンの前でゲームに興じている。

かたや涙目でマウスをカチカチと連打しながら絶叫する錦糸の髪の少女。小鴉《こがらす》海那《みな》。

かたやそれを面白そうに観察する銀髪少女。――文化祭の公演に来ていた少女だ。花が愕然《がくぜん》としていると、その少女が気づき、屈託ない笑顔を向けた。

「おっ、お姫様のお出ましだ。やっぱ間近で見ると映《ば》えるわ。わ～綺麗《きれい》な髪。ウェスト細くない？　目の保養になりますな～。あ、そだ。こんちは～」

「こんにち……は？」

「あたし、霧谷彩音《きりたにあやね》。そこの珍獣の二番目の女」

にひひ、とからかうように彩音が言う。

「二番目？」

花が訝《いぶか》しんだ目で業《ごう》を見る。つまり私は三番目か、と。

「誤解させるような言い方をするな」

「カルゴくん……私を馬鹿にしているの？」

「それは彩音だけだろ」

彩音は舌を出し、茶目っ気を見せつけている。

「実はな――」

業は事情を説明して、三日後に迫る怪星もめんとの一騎打ちについて助けを求めた。

「洞穴のカンテラね」

「知ってるのか」

「ぶいらんでよく配信されているのを見るわ」

花もすっかりVTuber箱推しリスナーと化していた。

「それならゲームの内容はわかるな？」

「わかるけれど……。それがどうかしたの？」

「頼む。海那の代わりにプレイしてくれ。代行プレイってやつだ」

「それってズルじゃない？」

「避けたかったんだが、ご覧の有り様でな」

業がぎこちなくゲームをする海那を流し目に見やる。

「いやぁあああああっ！　どうして右にいるんですか⁉　油が取れない！　あっ灯《あか》りが消えそうです！　灯り……灯りがぁあああああああ！」

やれやれと首を振る業。

「彩音さんは？　なんとなくゲームにも強そう」

花は彩音に目を向けると、愉快そうに彩音は笑った。

「面白そうだけど、あたし土曜日は先約があってさ〜。残念残念。ミーナの勇姿だけでも見たかったにゃ〜」

「というわけなんだ」

業がしれっと言う。それが花の癇《かん》にさわった。

「そんなにミーナさんが心配なら、カルゴくんが代行すればいいじゃない。私だって部活で忙しいんだから、好きなように遣わないで」

「おれは別行動を取る」

「……？」

その怜悧《れいり》な瞳に摯実を感じ取る。

「カルゴくん、ちょっといい？」

花は業を誘い出し、外の廊下へ連れ出した。

扉を閉め、中の二人に聞こえないように花は声をひそめた。

「怪星もめんさんとミーナさんのコラボ、さっきのダフのことと関係あるの？」

小夜《さよ》風が木々を揺らし、ぞわぞわと音を鳴らした。

このところ暮れの時間は秋風が強い。

「もめんは最近頻発しているぶいらんの炎上に一枚噛んでいると見てる」

「お姉ちゃんの知らないところで、悪いことをしてるってこと？」

「それを暴《あば》くためのコラボだ」

花は戸惑いの表情を浮かべたあと、意を決して言った。

「わかったわ。協力する」

「助かる」

業が涼しげな顔で部屋に戻ろうとすると、花が袖をつまんで引き留めた。

「待ちなさい」

「なんだ？」

「ちゃんとお返しをすること」

「ああ」業は生返事で尋ねる。「なにが欲しいんだ?」

「私じゃない。ミーナさんにしてあげて」

「……?」

「私はお姉ちゃんのために協力するだけ。だけど、ミーナさんは何の得もないのに苦手なゲームを頑張ってるんでしょ? そんなのフェアじゃないわ」

業は意外そうに黙考していた。

「言われてみれば、そうだな」

「この朴念仁」花は指を突き立てて詰《なじ》る。「そういうのは絶対にダメ。ちょっとしたことでもいいから、お返しをすること。女の子は見栄《みえ》っ張《ば》りで普段は何も言わないけど、内心すごく気にしてるんだから」

花自身は何も強請《ねだ》ることなく、業の脇をくぐり抜けて部屋に戻った。

業はほっとして、しばらく小夜風に当てられていた。

少しすると部屋の中から花の大絶叫が響く。

「……見栄っ張りはどっちだ」

13

怪星《あやぼし》もめん。

本来は幸福をもたらすとされる日本妖怪の象徴たる座敷童子《ざしきわらし》の姿をしている。

だが、中の魂は幸福とは程遠い世界を歩んでいるような醜態。その背景に鏡《かがみ》モアと同じように、ガワと魂の間に生じる歪《ゆが》みがあるならば――。

海那にはそこに酌量の余地があると考えている。

もっと早く怪星もめんと話す機会があれば、良き友人としてその思いに寄り添い、悩みを解消するヒントを提示できたかもしれない。

海那はひっそりと自責の念を抱え、使命感に駆られていた。

《【電撃コラボ】謎の新人 VTuber と洞カンバトル 【対よろ】》
待機画面ではすでに賑《にぎ》わいを見せていた。
同時接続者数は開始前で八百人。
○こんもめん
○こんもめめん!

○洞カンでバトルってどゆこと

『今夜もはじめていきますよ。こんもめん～』

座敷童子のようなVTuberが小さな口を動かした。

『今日は挑戦者がいるようです。はい、どうぞ～』

『……こ、こんばんはっ！　みなさんの進路を明るく照らすっ……新人VTuberの水闇《みずやみ》ガーネットです……！』

ガチガチに緊張した青いフード姿のVTuberが登場する。

怪星もめんの配信画面では動きのない立ち絵だけだ。

○誰？w

○ぶいらんの新人さん？

○聞いたことない名前だが聞いたことある声だ

『新人さんで知らない人も多いと思いますので、リンクを貼っておきますね。同時配信してますので、ガーネットさんを大画面で見たい方はこちらへ』

もめんがコメント欄に【水闇ガーネットch.】のリンクが固定された。

今回のコラボは二画面で行う。

怪星もめんの配信画面にはプレイ画面はもちろん、水闇ガーネットのプレイ画面も小さく映されている。一方で水闇ガーネットの配信ではその逆の構図を取っていた。

ガーネットのほうではリスナー八名ほどだったものが、一気に百人ほど増えた。

二つ同時に視聴するリスナーが流れていったのだ。

『あ、ありがとうございます、もめんさん……っ』
○ガチガチで可愛《かわ》いな
○ホラーっぽい雰囲気の子だが、もめんと同じ系統なんか?
『どうでしょうね。どんなプレイを見せてくれるのか、私も楽しみで……。あ、ちなみにこのコラボはガーネットさんからのお誘いです。自信があるんでしょうね』
○もめんは洞カンガチ勢だぞ
○煽《あお》りよるなw
○暗雲w
『が、がんばります』

ガーネットは躊躇《ため ら》いがちに言った。

もめんは冒頭、インタビュー形式で当たり障《さわ》りのない質問を投げかけるが、ガーネットは余裕なく、そのほとんどをまともに答えられなかった。

自信があるようにはとうてい見えない。
『じゃあ、前置きもこのくらいにして、さっそくやっていきましょうか』
○ルールは？
○完クリなら時間やばない？ｗ
『もちろん十七エンディング全部見ます。ラストに辿《たど》り着くまでのＲＴＡ勝負です』
○草
○四時間かかるんじゃね
○もめんなら一時間コースよ
怪星もめんの画面では、颯爽《さっそう》とスタート画面を映して準備万端といったふうだ。
ガーネットはたどたどしく同じ画面に揃《そろ》える。
『じゃあ、はじめますよ？』
『は、はい……』
互いにスタートすると、ゲーム画面では主人公のプロローグの科白《せりふ》が入る。
――ぼくはどうしてこんな場所にいるのだろう……。
――辺りはひんやりとした空気に満たされている。
――隅のほうにぼんやりと灯りが見える。

冒頭をボタン連打で飛ばす二人。

ガーネットも読み飛ばしたようだが、明らかに怪星もめんのほうが進行が速い。

2Dドット絵の主人公が現《あら》われ、動けるようになってさっそくカンテラを拾いにいく水闇ガーネット。だがそのときにはもう――

○はやw

○草

○全回収ならそう来るよなぁ

『え……』

怪星もめんは既に一つ目のエンディングを回収していた。

それは最初のカンテラを拾いにいかず、逆方向に走って死亡する、というエンディングだった。最も簡単であり、いつでも回収できるエンディングだ。ガーネットも一通りのエンディングは予習したため、把握している。

だが、その速さで動揺を誘われたのは確かだった。

これはもめんの精神攻撃だ。初手を見誤ったと思ったガーネットだが、カンテラを拾いにいった時点で他のエンディングを目指したほうが時間は速い。

探索を続けていく。

――そこにいたのは、大きなあぎとを開き、血をだらだらと垂らす化け物だった。

『ひっ……』

ガーネットが小さく悲鳴を漏らす。

見慣れたクリーチャーとはいえ、このおぞましい姿にはどうしても反応してしまう。

○水闇ちゃんがんばれー

○これ大丈夫なんか？　もめんはもう二個回収したぞ

○下手《へた》すぎて見てられない

○新人デビューのサプライズ企画なんじゃ？

『大丈夫ですよっ！　わたしも練習したんですから』

○練習……w

○練習したくらいで勝てるか！

○もめんを舐《な》めちゃいけんて

ガーネットを見ているリスナーは怪星もめんの配信から見に来た勢力が多いためか、コメントも辛辣なものが多い。

○🔧ガーネットちゃん応援してるぞぉ！

○お

○アミィちゃん!?

○アミアミおるw

○🔧アタシの推しだ！　みんな応援して！

○水闇ちゃんの正体ますますわからんな

ガーネットの同接が百人弱から三百人程度に増えた。その数は断続的に更新され、みるみるうちに五百人を超えた。

『アミィちゃん！　応援に来てくれてありがとうございますっ』

『アミィ？　来てるんですか？』もめんが反応した。

『こちらの配信にいます』

もめんは淡々とクリーチャーを障害物に引っかけて回避して、鮮やかにカンテラの油を補充している。

『さすがは個人勢だっただけあって顔が広いですね。十把《じっぱ》一絡《ひとから》げに活動するのがモットーとは聞いてましたけどね。こんな新人さんまで青田買いだなんて』

もめんは堪えられなかったようで憎まれ口を叩《たた》く。

○嫉妬してて草

○アミアミこっちにも来てあげてw

○ぶいらんの結束を見せたれよ
○もめアミあるのか？
○もめネットかもしれん
○にしてもプレイ中かってくらい喋《しゃべ》るな。びっくりポイントのリアクションも薄いし
コメントの指摘通り、怪星《あやほし》もめんのプレイは淡々としていた。

すでにエンディングは九個回収し、レースの折り返し地点を越えたところ。

水闇ガーネットに至ってはまだ四個。周回遅れになっている。

もはやリスナーも勝敗は決まったものと見て、それより配信に現われた三人のVTuberのてぇてぇ関係がどう転ぶかに焦点が当てられていた。

だが、そこで異変が起きた。

『この分なら自己ベストも更新できそうです。あと二十分で――――え、ちょっと』

ガタガタという物音が聞こえたあと、もめんの声がミュートになる。

それから２Ｄの主人公の動きもピタリと止まった。
○どしたん？
○大丈夫か、もめめん
○あ、これ

ゲーム内では油が切れてカンテラが消え、主人公が死んだ。

——最期《さいご》に聞こえたのは、ぼくの体がぐしゃぐしゃと咀嚼《そしゃく》される音だった……。

そのメッセージウインドウのまま画面は固まり、リスナーも何が起きたのか不安の声を寄せ始める。
○おい
○ネオさんｗｗｗ
○は？　なに？
○ダフとにゃんにゃんしてんじゃね
○https://blog.gee.ne.jp/ararat1208/e/7a3fbfa246db…
○どうした
○https://twitter.com/akazan0909/status/1633464256…
○荒らすな
魂の抜けた怪星もめんは止まったまま、ガーネットだけがせっせと主人公を動かして、着実にカンテラを回収しながらエンディングを回収していく。

『よし、これで五個目ですっ！　——あれ、もめんさん？　どうかしたんですか？』

『……』

首がくっと動いたかと思うと、
『なんでもないです。ちょっとした機材トラブルですよ』
もめんは何事もなかったような素振りでいた。
○さっきのガチ？
○中断したほうがいいのでは
○運営が判断するだろ
○何があったのか産業
○空気読め
『もめんさん、大丈夫ですか？』
ガーネットが毅然《きぜん》と言う。それだけで、もめんはすべてを察した。
『あなたが……？』
『やめますか？』ガーネットは言葉を切る。『棄権したら、約束は守りますか？』
『棄権？　するわけないです。もう私の勝ちは確定ですからね』
○不穏すぎひん
○これ、もしかして伝説になるのでは
○記念コメ

画面を通して二人は火花を散らすようだった。

怪星もめんは苛立《いらだ》ちを見せながらも、プレイを再開した。――けれど、おかしなことが起きていた。

『っ……』

クリーチャーが出るたび、もめんは反応を示すようになった。

それも恐怖に駆られ、歯を食いしばるかのような反応だ。これまでの卓越した操作もどこへいったのか、主人公の動きにぎこちなさが加わり、何度もミスをして油を切らしては怪物に食い殺されていく。
○マジでどしたん
○さっきのブログ、ガチだったってこと？
○これはｗｗｗ
『く……う……』

プレイには余裕が消えていた。

もめんが凡ミスを繰り返し、エンディング回収に手こずる間、水闇《みずやみ》ガーネットは次から次にエンディングを回収していく。その数、十四と十二という差まで縮まった。

『こんなはずじゃ……。ひぁ⁉』

もめんは悔しさを滲《にじ》ませながら、ホラーの醍醐味《だいごみ》を味わうようになっていた。

『もめんさん』

水闇ガーネットが諭すように言う。

『あなたの気持ちがちょっとだけわかります』

『なに？　なんの話？』

もめんの口調は、すっかり怪星もめんではなくなっていた。

『VTuberとしてどうなりたいか、最初は誰もが考えます。もめんさんもそうですよね』

『そんな話、いまはしたくない』

『いいえ、ちゃんと思い出してみてください。いまのもめんさんは、こうなりたいって思った姿ですか？』

『……』もめんの操作が緩慢になっていく。

ガーネットはエンディングを十二個目を回収した。

『わたしも前に罪を犯しました』ガーネットは諭すように言う。『臆病で、自分に嘘《うそ》をつき続けて、最後にはそれが爆発してファンを悲しませたんです』

『だったら……』

もめんは掠《かす》れた声で叫ぶ。

『だったらなに⁉　じゃあ、この仕打ちも八つ当たりってこと⁉』

○もめんちゃん落ち着いて

○一回配信切ろうか

○修羅場w

『さっきデタラメなブログを晒《さら》したのだってあなたなんだね』

『なんのことですか？』

『とぼけるな！』

○ガーネットちゃんって何者なん？

○漁《あさ》ってみたがツイッターすらないぞこの子

『絶対に許さない……。謝ったって許さないから。運営も黙ってないからね』

『謝るのはゲームに負けたほうですよ』

『まだそんなこと言って――』

もめんは水闇ガーネットの画面をちらりと見やると、その進捗に気がついて絶句した。

十七個目のエンディングでしか出現しない暗がりの道を進んでいる。つまり、もう十六個のエンディングを回収し、あとは突き進むだけになっているのだ。

――この道路……。思い出した。ぼくは自分であの洞窟に入ったんだ。

――いつもの通学路がいやになって、危ない橋を渡りたくなったんだった。

――それが楽しくなって、洞窟の奥底まで進んだのはぼく自身。

『こんなの、ありえない！』

もめんは怒気を込めて言う。

リスナーのコメントはもう目に入っていないようだった。

『はじめは下手なプレイを晒してたくせに……！。まだ一時間半だよ？　素人《しろうと》がいくら練習積んだって無理に決まってる！　代行ね。誰かが代わりにプレイしてるんだ』
○代行はおまえだろw
○もめんちゃん、もうやめよう
○運営――止めろ――
○怪星会のみなさん、どんな気持ちなんやろな
○ダフナーのみなさんもだろw
――道路の行き止まり。この先に洞窟があった。いまのぼくは通学路に戻れる。

――そうすれば、またおうちに帰れる。

『わたしは道に迷ったVTuberさんを救いたいだけです』

ガーネットが主人公を操作して通学路に引き返させる。暗い夜道の中、戻った地点に主人公の母親が懐中電灯を持って待っていた。

――ママだ……。やっと帰れるんだ。いままでごめんなさい、ママ。

――あっくん遅かったわね。一緒に帰ろう。

主人公と母親は二人、道を歩いて画面から捌《は》けていく。

エンドロールが短く流れ、Thank you for playing. の文字が浮かび上がった。

『これでクリアです。さぁ、もめんさんはどうしますか？』

『…………』

『道を引き返して、謝りますか？』

もめんはしばらく沈黙していた。

けれど、ついぞ何も言わず、ぶつりと怪星もめんの配信が切れた。

ガーネットの配信に映る小ウインドウは真っ暗になり、同時接続者一・一万人が怪星もめんのチャンネルから追い出される。

だがDiscordでは、まだ通話状態が続いていた。

『……絶対に謝らない』

真っ暗な闇の奥から、ぼそりと鼻白んだ声が聞こえた。

『自分自身から逃げるんですか』

『逃げる……？』

『怪星もめんさんは配信を切りました。あれは自分のやったことから目を背け――』

『本当は……』もめんは噴気に満ちた声で言う。『本当は私、世界史が好き。世界ミステリーとか。あの【ディアトロフ峠事件】とかって聞いたこと……ないか』

『ごめんなさい。さっぱりです』

『だったら動画で探してみて』

もめんは自棄《やけ》になったように続けた。

『でも仕方ないじゃん。これは運営の方針なんだから』

『もめんさん……』

『……なんなの』もめんが怒りを露《あら》わにしはじめる。『そう、全部……。あぁその通り、全部私がやったよ。だからなに？　いまさら怖いものなんてない。VTuberとしてももうおしまい。私の醜態をこれ以上突《つつ》いて、いったい何になるっていうの。あの糞溜《くそだ》めみたいなブログに書けば、いくらか金になるってわけ⁉　正義の味方ぶるのもいい加減にしてよ、この偽善者！』

あまりの大声に所々でノイズが発生した。

怪星《あやぼし》もめんの口汚い罵倒は止まらなかったが、その途中でガーネットの配信もぷつりと切られた。それ以上の醜態を晒すことに気負いしたのだろう。

「…………」

業《ごう》は溜《た》め息をつき、居丈高な天蓋を見上げた。

あの新人VTuberは根っこから救いようがなかった。

14

【大手VTuber事務所『Vらんぶる』で狼藉《ろうぜき》を働く新人ライバー！　その手口を暴《あば》く！】

今回、独自の情報網から手に入れた凶悪で獰猛《どうもう》なVTuberの実態を紹介したい。

諸君にとってこういった醜聞が聞き慣れたものであり、この暴露が好意的に受け入れられるものであることを信じている。

――超大型VTuber事務所、Vらんぶるの健全運営――

ぶいらんでお馴染《なじ》みの【Vらんぶる】はあらためて紹介するまでもないだろう。

これまでも何度か、そこで活躍するVTuberについて触れたことがある。ただ、当ブログの運営が始まる前と比べ、ずいぶんその運営体制も健全化した。

この最大手と名高いVTuber事務所において、此度《こたび》、最低最悪なライバーが所属することになったことは遺憾なことだ。

た。

―炎上の経緯―

渦中《かちゅう》にある【Vらんぶる】の炎上騒動の経緯を振り返る。

一ヶ月前の2022年9月17日（土）、稀林《まれりん》アミィの雑談配信でこんな一幕が展開され

◆リンク《【#3】即興シチュボで集金をはじめる期待のぶいらんVTuber切り抜き》

先日、晴れてチャンネル登録者十万人を達成した稀林アミィだが、それ以前の雑談配信

において、十万人耐久配信をファンと相談をする様子が見受けられる。

実は、この耐久配信は公式企画ではなく、雑談の流れで発生した〝もしも〟の話。

その切り抜き動画の拡散により、リスナーが公式企画と勘違いしたことが騒動の発端で

ある。配信を見ていた稀林組（稀林アミィのファンネ）は理解していたようだが、一部の

外野が思い違いをしたことが事態をこじれさせる原因となる。

◆リンク《【洞カン】話題の洞ゲーやってくどっ！【初見】》

その二週間後の10月1日《ついたち》（土）、稀林アミィのゲーム実況が炎上の引き金を引く。

ごく普通のホラーゲーム実況だったが、マナーの悪い指示厨《ちゅう》が湧き、初見プレイかつ

概要欄に【ネタバレNG】と書いてあるにもかかわらず、ネタバレコメントを投げる不届

き者があらわれてしまう。

アミィが注意した結果、険悪な雰囲気を嗅ぎ取った野次馬の出現で同接も急上昇。

幸か不幸か、このタイミングで稀林アミィCh.は登録者十万人を突破してしまう。

突破自体はめでたいことだが、先の雑談配信で勘違いした外野と、そしてスパチャ読み上げタイムで取り上げられたコメントにより、炎上に発展する。

←そのスパチャのスクリーンショットがこちら。

『○ネオ　¥120　配信荒らして十万人達成した女』

←このスパチャを取り上げた有名切り抜き師が当時の様子を拡散。

◆リンク《【故意⁉】稀林さん、あざとく銀盾奪取【ぶいらん切り抜き】》

こちらの動画の再生数を見ていただければわかるが、これが炎上の引き金となったことは言うまでもない。

―　炎上の元凶　―

切り抜き動画にあるように、稀林アミィはファンとの親睦で交わした相談を無下にし、数字に目が眩《くら》んだ結果の登録者十万人……なのだろうか？

ここでは諸悪の根源たるVTuber、怪星もめんの正体を暴く。

―　怪星もめん　①配信スタイル　―

オカルト系のネタを好む彼女だが、日頃は怪談でリスナーを震え上がらせている。

また、流行の【洞穴のカンテラ】においてはその実力はプロ級だと騒がれている。

しかしながら配信で披露される怪談には時折、お粗末なものも見受けられた。

以下のアーカイブから抜粋しよう。
◆リンク《#怖い話#朗読 古今東西怪談02話　古きよき逸話／Vtuber 怪星もめん》
◆リンク《#怖い話#実話 古今東西怪談第31話　集落の中／Vtuber 怪星もめん》
上の配信は、怪星もめんがデビューまもなく披露した怪談である。

その一ヶ月後に語られた下の配信と聞き比べてみてほしい。

中にはタイトルと登場人物を変えただけの、同じ筋書きの話も存在する。

回を重ねるごとにネタ切れを起こしているようだ。

怪談を語る者としてのジャンルへの愛を感じないが、はたして……。

怪星もめんの公式プロフィールを一部抜粋しよう。

〝小さな頃から無類の怖い話好き！　得意ゲームはホラーとゾンビサバイバル〟

―　怪星もめん　②前世　―

怪星もめんは本当に怪談好きなのか、その前世を追いかけようと思う。

彼女がVTuberとしてデビューする前の活動について、SNSで検索をかけると新たな発見があった。【Vらんぶる】公式Twitterにて〝怪星もめん〟のデビュー告知ツイートに、いくつか祝福のリプライが投げられている。

その数、二十八件。すべてのアカウントを辿《たど》ると、ほとんどが【Vらんぶる】の箱推しファンによる祝福だが、一つだけ界隈《かいわい》の異なるアカウントを発見した。

そのツイートがこちら。

◆Twitterリンク

色即是空@低浮上@shikisoku_yukkuri
返信先：@Vramble_info
おめでとう🎉　これからも語《かた》り部《べ》界隈《かいわい》を盛り上げていってくれ！

こちらは、ゆっくり動画投稿活動をメインとする活動主のアカウントだ。そのフォロワー二百八十二名の中から、怪星もめんの前世と思《おぼ》しきアカウントの特定に成功する。

それがこちらのアカウント。

◆Twitterリンク

【‥問題が発生しました。ツイートは非公開です。‥】


この〝ネオ〟氏によるツイートは、怪星もめんデビュー前日のもの。

ネオ氏はゆっくり界隈で投稿主として活動していたようだが、動画を確認したところ、怪談や心霊といったジャンルとはまた別ジャンルを取り扱っている。

◆リンク《http://youtu.be/EMOoWIAQF_c》

こちらのチャンネルにあるように、ネオ氏はとりわけ世界史に強く、古代文明ミステリーやオーパーツ、都市伝説といった類いに関心が強いようである。

―怪星もめん　③狼藉―

勘の鋭い読者諸君はもうお気づきだろうか。

稀林アミィの【洞穴のカンテラ】配信で例のスパチャを投げたリスナーこそ、まさにこのネオ氏であることがおわかりいただけるだろう。

あのスパチャは、怪星もめんが同時期にデビューしたVTuberへ向けた嫉妬の言葉だったのである。――否、その真意はこちらの想像を遥《はる》かに上回っていた。

ここでネオ氏特定のきっかけとなった、ゆっくり動画投稿主〝色即是空〟氏についても言及していこうと思う。

色即是空氏の過去ツイートを遡ると、他の活動へ鞍替《くらが》えしたと宣言している。

それこそまさに〝VTuber配信の切り抜き師〟であり、この転身は見事に大成功を収めている。現在は有名切り抜き師として登録者十四万人を誇るチャンネルに発展している。

ゆっくり動画界隈からの付き合いである二人、ネオ氏と色即是空氏はそれぞれ怪星もめん、ぜっくんへと転生していた。稀林アミィの炎上の経緯を振り返れば、二人の関係がまだ続いていることは疑いの余地もない。

ぜっくん切り抜きチャンネルの動画を掘り返せば、どれだけの偏向動画が隠れているのかも明らかになるだろう。それはまた別の記事で検証していきたい。


―　余罪の言及　―


怪星もめんについて興味深い発見もあった。

ここで怪星もめんの名をVTuber界隈、ぶいらんリスナー界隈に広く知らしめるきっかけとなったあの炎上についても触れておこう。

そう、かれこれ一ヶ月前に炎上し、現在は復帰が待ち望まれている喰代《ほおじろ》ダフの件だ。

あの女性同棲《どうせい》騒動について様々なまとめブログが言及した後、現在は沈静化した。

あらためて喰代ダフというVTuberの本性について暴きたい。

こちらのツイートに貼られた切り抜き動画を見ていこう。

◆Twitterリンク
『●生乃《いくの》@NAMAMONOdesu
　このあとめちゃくちゃ◯ックスした。【切り抜き動画】
　18:07・2022/08/21』
この動画では、ダフが退席するシーンに始まり、その後、疑惑の女性が戻る。

ここでは女性の登場に気を取られがちだが、動画中盤（1:09あたり）で扉が閉められたときの音に耳を傾けてほしい。

カチャンと閉められた扉に続き、木を叩《たた》くような音が鳴っている。

この音、実はほかの配信でも確認できるものだった。

◆リンク《#怖い話#実話 古今東西怪談第28話　深夜という隔離／Vtuber 怪星《あやぼし》もめん》

このアーカイブの36分15秒を確認してほしい。

怪星もめんが三輪車にまつわる怪談を披露している最中、突然、玄関チャイムが鳴る。もめんは配達だと言い、少しだけ席を離れてまた戻ってくる。

このとき、ダフの動画とまったく同じ音が鳴っていることにお気づきだろうか。

これは部屋のドアにかけられた木札か何かが、ドアを閉めた拍子に当たったときの物音ではないかと思われる。

ここで二人の関係をさらに追及してみると、意外な真実に突き当たる。

重度のゲーマーと名高い喰代ダフ、活動休止前にも当然【洞穴のカンテラ】をプレイしているが、そのお手並みはかなりの実力。

怪星もめんが【洞穴のカンテラ】をプレイしはじめたのはダフの活動休止後だ。

同棲の事実があれば、ゲームの代行もできるのではないだろうか。彼女がリスナーを騙《だま》して、自分がやっている体《てい》でダフにプレイさせている可能性は十分にある。

あるいは、今日にでもその証拠がどこかの配信で突きつけられるかもしれない。いずれ切り抜き師ぜっくんの正体についても言及したい。


― まとめ ―


かつて当ブログでも一件、同グループ所属 VTuber の炎上を取り扱ったことはあった。だが、以降は目立ったものがなく、健全な運営を続けられている。

その背景にはこれまでの教訓を糧《かて》に躍進する先人、暗躍する VTuber の努力と下支えがあったからこそのものと思われ、その姿勢を想像すると頭が下がる思いだ。

その偉大な積み重ねを無下にする不届き者は断罪されるべきだ。

以上、荒羅斗《あららと》カザンより。愛を込めて。


…………。

……。


『六本木駅前。六本木駅前』

そんな呑気《のんき》な機械アナウンスで、蛍《ほたる》は現実に引き戻された。

ようやく最寄りのバス停まで着いたのだ。急いだ足取りで遊歩道にかつかつと音を鳴らしながらタワービルまで歩いていく。

マネージャーやプロデューサーに電話が繋《つな》がらず、内部は混乱している様子だった。

蛍には、喰代ダフ、怪星もめんの二人の関係に心当たりがあった。

いままで庇《かば》い立てしてきた二人にはずっと結託した反骨心を感じていたのだ。

ブログには、それが真実と思わせる証拠が並べてある。それを集めた荒羅斗カザン――

もとい苅部業《かるべごう》に、蛍はえも言われぬおそろしさを感じていた。

なにより、その執念がおそろしい。

ちょっとした140文字のツイートとは訳が違うのだ。

ビルのエントランス前には晩秋の肌寒さが吹き込んできていて、薄着には堪《こた》えた。蛍は
少し身震いして、両腕を擦《さす》りながらエレベーターホールに入ろうとすると――。

「おい」

端的な声は蛍を震え上がらせるには十分だった。

直後、どんと肩を押され、蛍は短く悲鳴を上げる。

「――きゃっ」

衝撃が頭を揺らしてぐらりと重心が傾いたのにつられ、蛍はたたらを踏む。転倒まではしなかった。けれど倒れそうになるくらい足がすくんだ。

「てめ、どけ。この野郎っ」

卑賤《ひせん》な声が別の誰かに向かって吠《ほ》えている。

大都会の真ん中、居丈高に囲う天井がその咆哮《ほうこう》を反響させる。

この広間は人通りが少なかった。風を疎《うと》い、通行人は地下へ逃れてしまったようだ。

蛍はおそるおそる目を開ける。夜の闇の中、心もとない暖色の灯《あか》りが視界を照らすまでに時間がかかった。

目の前には、赤いカーディガンを着た白髪の男が佇《たたず》んでいた。

かばうように整然と蛍には背を向けている。その正面の男に胸ぐらを掴《つか》まれても鷹揚《おうよう》な態度で身じろぎ一つしない。

「カルゴ……くん」

蛍はすぐに状況を理解した。彼の胸ぐらを掴む厚地のパーカージャケットを着た黒髪短髪の男こそが、蛍がこれまで甲斐甲斐《かいがい》しく世話を焼いたVTuber――喰代ダフの魂だ。

ダフからの襲撃を受ける蛍を庇うため、業が立ちはだかったのだ。

男は残忍な肉食獣のように血眼で睨《ね》めつけている。

業を。それから蛍のことも。

「おまえが晒《さら》したのか！」ダフは叫んだ。

蛍は恐怖で声を震わせて答える。

「知らない。私はなにも……」

「とぼけんじゃねえ!? あの暴露記事はなんだ！」

ダフの魂が力任せに業を押しのけ、蛍に突っかかる。

「言われた通りに来てやったのに、あの記事のせいで俺はまた燃えた！ どうしてくれんだ！ おまえが責任を取れっ」

壮絶な剣幕に蛍は涙腺がつんとした。

喉は震え、食道を掴まれたように胸が締め付けられる。

これまでのことが一気に頭の奥から溢《あふ》れかえる。

「私は……っ！」蛍はぼろぼろと涙を流しながら言う。「私は……ちゃんとやった。守ろうとしたよ！ あなたも、ぶいらんも、後輩たちのことも……！ ちゃんとやってきたのになんで、なんでそんなふうに言うのよっ！」

「だったらどうして晒されてんだ!? あのいまいましい記事のせいで、ネオとのことがバレたじゃねえか！ 俺がおまえみたいな女と付き合ってたなんて運営に嘘《うそ》までついて、謹慎一ヶ月くらって、待ちに待ったってタイミングでこれかよ!? ええ!?」

蛍はすっかり怯《おび》えきり、肩をふるわせて泣いている。

憤怒《ふんぬ》を振りまくダフのもとへ業はゆらりと近づいていく。

前髪に隠れて目元が見えず、どんな表情を浮かべているのか蛍から見えない。

「さっきからなんなんだ、てめえ」ダフが業の肩を掴む。「おまえに用はねえよ！」

「おれはあんたが出てくるのをずっと待ってたよ」

「あぁ？」

「喰代ダフ。Vらんぶるで人気筆頭の自堕落系VTuber。その魂の正体は、印象通りのゲス野郎ってわけだ。あのガワにしてその魂ありだな」

「……おまえか。おまえなんだな、あれを書いたのは」

ダフの眉間に皺《しわ》が寄る。

「そうだ。人気をいいことに先輩の白虎《びゃっこ》燐香《りんか》に甘え、その裏で狼藉《ろうぜき》を働くゲス野郎」

「リスナーが見てないとこで何してようが、俺の勝手だろうが！」

「それであのくだらない切り抜き動画も作ってたのか？」

「お？　――はは、おまえあのときの通話で喋《しゃべ》った男だな？　あぁ、そうだよ。ぜっくんチャンネルは俺のチャンネルだ。謹慎中に他で金を稼ぎかったからな。切り抜きは再生数が稼げていい。ドバイの乞食《こじき》に比べりゃ、大した額じゃねえんだろうがな」

「あんた……少しは箱に迷惑をかけた自覚があんのか……？」

「はっ、知るか。元から六十人もいるんだから、迷惑かけあってんだろ」

「ぶいらんのために……」業が声を落とす。「メンバーのためにグループの未来を支える一人の女性を……先人のVTuberの思いを無下にした」

そこに込められた想《おも》いを蛍は察した。

はっとなり、業の顔を見上げる。

「あんたは、そのしょうもない小遣い稼ぎのためにVTuberって箱を利用するクズだ！」

断罪めいた物言いに空気がびりびりと震える。

その真《ま》っ直《す》ぐな双眸《そうぼう》には炎が燃え上がっていた。瞳の奥には誰かの姿が映っている。永らえることのなかった、無念のVTuberの姿が。

業火《ごうか》の幻影を前にダフは一瞬、怯《ひる》んだ。

「だからなんだ？　それでおまえが俺を殴って、めでたしめでたしってか？　バカじゃねえの。やるならやってみろ」ダフが嘲るように言う。

「おれは、女を殴るあんたとは違う」

「殴っちゃいねえよ」

「ついさっき、燐香のことをどついた」

「はぁ？　それがなんだ。俺はムカついてんだよ。この女に！　守るって言ったくせに役目を果たさなかった、こいつになっ！」

「っ……」ぎりっと唇を噛《か》む業。「あんたみたいなやつがいるから、燐香はいつまでも復帰できないだろうが‼」

業は呆《あき》れを通り越したように溜《た》め息をついた。

ポケットに突っ込んだ手を抜き、手元のスマートフォンを検《あらた》める。

「余罪はこんなもんか」

「は……？」ダフの唇が震え出す。

「お望みならいまの一部始終の録音も晒してやるよ。ブログも編集途中だ。ボタン一つであんたは晴れて警察の御用。ざまぁみやがれ」

「お、おい……」

「やってみろって言ったな」

「ひっ、や、やめろ……」

「ぽーん」業が［確定］ボタンを押す。

「うわぁああっ！　あぁぁあぁああぁぁあっ！」

ダフは一目散に逃げ、地下へと走っていく。しばらくダフが消えた方向を平然と見ていた業だが、小夜《さよ》風が吹き抜けると肩の力を抜いて蛍のほうを振り向いた。

「協力、ありがとうございました」業は手元を見せる。「これであいつの悪事の証拠が揃《そろ》いましたよ。どうするかは蛍さんに任せますが」

スマホには【録音アプリ】が起動されていた。

蛍は目元を拭い、短く息を吐く。

「ダメだね、私……。もうたくさん、泣いたのに……っ」

「甘やかすばかりじゃ組織は腐る。蛍さんは少しだけ優しすぎたんだ」

蛍も反省の色を顔に浮かべていた。

そのとき、物陰から誰かが駆け寄ってきた。

「お姉ちゃん！　大丈夫!?」

「花《はな》……？」驚いていたのは業だった。

花は蛍を支えるように寄り添う。

「遅くに出て行くから心配になって来てみたら、叫び声が聞こえて」

「ごめんなさい」蛍が言う。「私、本当は燐香に戻るのが怖かった……。一度燃えてからずっと自分に向き合うのが怖くて……気づけばこんなことに」

花は神妙な顔で蛍の告白を受け止める。

「謝るのは私のほう。お姉ちゃんがVらんぶるをどれだけ大事にしてるかも知らず、私のほうこそ、お姉ちゃんの苦しいことわかってあげてなかったよね。ごめん」

　蛍は首を大きく振って涙を拭う。

「居場所を守ることに必死だったの。でも、また空回りしてたみたい」

「もう。いつも頑張りすぎだって言ってるじゃん。お姉ちゃんは」

「そうだよね。休んだほうがいいよね……っ」

　二人は鏡と向かい合うように互いのことを見ていた。

　業が頃合いを見計らい、声をかける。

「おい、花」

「なに、カルゴくん」

「ミーナは……？　洞カンの代行プレイはどうしたんだ？」

「だってミーナさんが一人でやるって意地を張るから」

「なんだって……」

　業は目を白黒させている。

「ちゃんと自分自身が強くなって勝たないと意味がないんだって言い張って」

　ホラー耐性の低い海那《みな》の姿を思い返す。

　あの卓越したプレイを一人で？

落ち着き払った態度も、すべて海那の力でやり抜いたことだったのか。業は夜風の吹くままに視線をよそへやり、オレンジの街灯を眺めた。

――〝きぼうの光〟は伊達《だて》じゃなかった。

15

すっかり日が短くなりつつあった。

花は部活へ向かうため、第一棟へ続く渡り廊下を進む。そこで曲がり角から彼がぱっと現《あら》われたときには心臓が止まるかと思うほど驚いた。

「いまから部活か？」

突然、対峙《たいじ》することになった白髪の男――苅部《かるべ》業《ごう》がそう問いかける。

「ええ、そうよ。私、部長になったの。だから忙しくて」

「そうか。頑張れ」

「応援してくれるの？」

「得意だからな。ご希望ならサイリウムだって振り回せるぞ」

「それは……やめてほしいわね」

気づけばまた、業の会話のペースに呑《の》まれている。

こんな調子で業と話すと、いつもどぎまぎさせられ、うんざりするのだ。だから花は業と素直に話せない、悶々《もんもん》とした日々を過ごすしかなくなる。

「話はそれだけ？」花は怪訝《けげん》そうに尋ねる。

「実を言うと、渡したいものがあるんだ」

「え……っ」

ふいに花は心音が高鳴っていた。

業はバッグを開けて、中から小さな菓子折を出した。

「なによこれ。ハロウィンにはちょっと気が早いんじゃない？」

花は本当はそんなつもりはないのに、突っ慳貪《けんどん》な態度を取ってしまう。

「おれからのお返しだ。ゲームに付き合ってくれた件の」

「……う、うぅ～」

この男がもう少し勘の働く男だったら、こんなことはしなかっただろう。

花にはこのお返しがひどく罪深いものに見えた。

「お返しならミーナさんにしてあげてって言ったじゃないっ」

言いながら、しかと受け取る花。

「大丈夫だ」業は同じ菓子折を取り出した。「そっちも用意してある」

「……あぁそう。それなら安心だわ。じゃあ、早く届けに行ってあげて。ミーナさんが一番がんばってたんだし」

花は業の脇を通り抜け、無理にでも部活に向かうことにした。

背後から、花は業からの視線を感じた。きっと彼はこちらの想いなど知る由《よし》もないだろう。これからもずっと。

だが、花は律儀《りちぎ》に自分の言葉を覚えていた業を意識せずにいられなかった。

菓子折をぎゅっと胸元に寄せて、独り言ちる。

「だから……女の子は内心すごく気にしてるんだってば……」

花は女優らしく、なんでもないふりをして演劇部の練習に向かう。かくして花の日常は少しばかりの変化を迎えた。ほんの少しの、気持ちの変化を。

帰宅して、玄関にまで漂う香ばしい匂いに垂涎《すいぜん》しそうになる。

ビーフステーキだろうか。

「ただいま～」花は靴を脱ぎ、リビングに向かう。

「花！　おかえりっ！」

満面の笑みで迎えてくる蛍《ほたる》を見て、花も自然と笑顔になった。

「なんだか今日はずいぶんと豪勢じゃない？」

「うん。気合い入れようと思って！」

「あっ」花は壁掛けのカレンダーに目を向ける。「今日はお姉ちゃんの——」

「そうっ」

蛍の声は、すっかりあの頃の揚々とした虎に戻っていた。

大皿二枚に載せられたジューシーな肉厚ビーフ。それを戦利品のように掲げながら、浮き浮きとした足取りで蛍はテーブルに運んでいく。

爛々《らんらん》と輝かせる目つきを見て、花はこの夕飯の意味を理解した。

「あぁそういうこと？　肉食だから……」

「ふふ、気づいた？　今日の私は白い虎だからね～」

そう言って蛍がたくし上げたエプロンとセーターまで真っ白だ。

舞台衣装のつもりなのだろうか。

「わかった。私も今日はヤケ食いしたい気分だったし。付き合う」

「ん？」蛍は何かを察する。「あら～？　ヤケ食い～？」

しまった、と口元に手を当てる花。

最近、この家での会話もすっかり増えたため、つい口が滑ってしまう。

「大丈夫？　お姉ちゃんが話聞こうか？」

そう言う蛍だが、いじらしく目を細めている。

もうきっと、すべて察しているのだろう。舞台役者がこの程度で気持ちを見透かされてしまうのは不名誉きわまりない。

「どうしたの？　花はお姉ちゃんとお話してくれないの～？」

「うっさいわね。冷めないうちにさっさと食べるわよ」

「あっはは。ごめんごめんっ」

テーブルに向かい合って座り、二人揃って肉厚のビーフステーキに舌鼓《したつづみ》を打つ。そこで蛍がふいに意味ありげな表情を浮かべ、優しい声音で尋ねてきた。

「お～。お菓子もらったの？」

「うん？　まぁ、ね」

フォークに刺した肉を口に運びながら答える。

「ついでに玉砕したけど」

「……ふーん。気にしてるの？」

蛍にそう尋ねられ、花はモグモグと口を動かしながら、肉と一緒にいろんな思いを咀《そ》嚼《しゃく》していく。飲み込んでから、しれっと答えた。

「全然？」

「あぁいう男の子は惚《ほ》れさせたら一途《いちず》だからね。まだ入り込む余地はあるわ」

「慰めようとしないで。別に気にしてないってば」

「そっか」

蛍はにっこりと微笑《ほほえ》み、豪快に肉を頬張りはじめた。

これから久しぶりに戻るのだ。あの頃の、楽しい日々に。――そう思うと、花は余計な気遣いを姉にさせたくはなかった。

どれだけ心が沈んでいたとしても。

16

食器は片付けると言い張り、花がキッチンを占拠してしまったため、蛍は想定よりも早い時間から自室に戻ることができた。

掃除の行き届いた室内は、以前より広々とした光景が広がっていた。

蛍はその清々《すがすが》しい空気を肺腑《はいふ》に溜《た》め、深く心の澱《おり》を吐き出した。

時計を見ると、まだ配信まで二時間弱の猶予があった。

「そうだわ」

妹がせっかくくれたこの時間を、有効活用しない手はない。

あの繊細な妹が、無理して気丈に振る舞っていることはわかりきっていたけれど、今日こそは甘えるべきだ。

この思いつきは、きっと恩返しにもなるだろう。

二時間弱。時間は十分だ。むしろ、久しぶりにあの頃へ戻る前に——時間を取り戻してしまう前にすませておくべきことだ。

蛍は引き出しから便せんと封筒を引っ張り出し、机に並べた。

わずかな時間で蛍は親友への手紙を書きあげた。

『乃亜《のあ》へ
おひさしぶりです。おげんきですか?

あれから、私のほうではずっとぶいらんの下支えに注力していたから、気づくともどるタイミングも見失って、ついつい VTuber だった自分をわすれていました。

かぞえると、もう10か月!

……ううん、ごめん。また自分にうそついた。

こんなに活動からはなれていたのは、本当はにげてただけなんだと思う。

あなたをうしなってから、実をいうと、VTuberなんてもうやりたくなかった。

もちろん乃亜がおしえてくれたこと、いまでもわすれてないよ。

活動をたのしむこと。ファンを大切にすること。企画のつくりかた。

けど、あのことばは、乃亜がいなくなってからぜんぶなくなってしまったような気がして、表舞台にたつことがいやになってた。

この役者志望だった私が、舞台からにげてたの！　笑っちゃうよね。

ごめん、気負わせるようなかんじになっちゃった。

誤解させたくないからはっきりいう。

あなたがつたえてきたもの、見せてきたもの、たしかに形にはのこってないけど、その思いはぜんぶ、のこってた。

実をいうと、あなたのファン、ノア友と偶然に出会いました。

あの男の子のこと、おぼえてる？　ずっと昔、おしゃべりフェスティバルにでっかいノアloveって書いたTシャツを着てあらわれた、あの男の子。

ううん。きくまでもないよね。あの子のこと、乃亜も気にしてたもんね。

私、ずっとあの男の子に嫉妬してたんだ。だって星ヶ丘のこと（名前見るのいやだったらごめん）をあんなにもりあげて、どんどんおおきな箱にしていくの見せられたら、グループをまとめる立場の私から見て、嫉妬せずにいられなかったもの。

けど、その彼とはなして、実は……たすけられました。

あの子、びっくりするほど乃亜のまんまだった。

乃亜が私にしてくれたこととか、乃亜が言ってくれたことばを、聞いたことないはずなのに、そっくりそのままつたえて私を応援してくれたの。

乃亜、あなたの想《おも》いはちゃんとつたわってるし、のこってる。

ノア友はやっぱりすごいんだ。

ところで私、ぶいらんのことをなんとかまとめようとがんばってきたけど、そのせいでいろんなトラブルが起きてしまって……。

きっとどこかで耳にしてるよね……？

はずかしいけど、あれが私の守ってきたぶいらんのいまだよ。

これからはぶいらんのためにというより、自分のために活動しようと思う。

私がたのしむことで、きっとまわりもよくなっていくんだってわかったの。乃亜のおしえてくれたこと、二年越しにやっと理解できた。

それをあらためてつたえてくれたのが、ノア友です。

だから、私は白虎燐香《びゃっこりんか》として、またはじめからがんばっていくね。

乃亜は…………また吉報があるといいな。

いまは【EDEN】の仕事で忙しいんだっけ？

おちついたら、またおはなししようね。

　　　　　　あなたにたすけられた虎　燐香より』

最後まで書き綴《つづ》ったあと、背伸びをしながら蛍は壁時計を見上げた。

配信予定時刻までもう五分を切っていて、冷や汗をかいた。

「ええええええ!?　復帰配信初日から遅刻とかないでしょっ」

蛍はあわててパソコンを起動して、いそいそと配信準備にとりかかる。そうやって久しぶりの工程を踏んでいくうちに、VTuberとしてデビューしたばかりの頃を思い出した。

復帰配信初日から遅刻でも、それはそれでいいのかもしれない。

自分が楽しめれば、それで勝ちなのだから。


『こんとら〜！』

白虎燐香は、気持ちをめいっぱい込めて言う。

『みんな、ただいまぁ〜っ！』

Epilogue　- きぼうを照らす紅《あか》い意志 -

目を覚ますと、普段とは朝の景色や雰囲気が違うことに業《ごう》は驚いた。

どうせ夜更《よふ》かししていようが、毎朝六時になると、けたたましく鳴り始めるモーニングコールで颯爽《さっそう》と起こされる。

――おはようございます、カルゴさん、と。

けれど今朝にかぎってはそのルーチンが訪れることはなかった。

スマホを見ると、水闇《みずやみ》ガーネットからの通知はない。

そのときに気づく。もう時刻は七時半を回っていた。

朝のホームルームは八時四十分。登校には一時間弱を要するため、この時間には登校をはじめないと遅刻する可能性があった。

「やっちまった……」

業が頭を抱えて、冷静に振り返る。

このところ、生活リズムがすっかり乱れてしまったと反省していた。

朝は眠かろうが、水闇ガーネットのモーニングコールに頼ることができる。

その〝きぼうの光〟に甘んじていたことも業は否定しない。

ここ最近は業も私欲が湧き、荒羅斗《あららと》カザンとしてではなく普通のリスナーとしてVTuberの配信を楽しんでもいた。

とくに最近は、白虎燐香の配信がお気に入りだった。そうやってじわじわと一年前のカルゴのように、VTuberを追いかけはじめられたことは喜ばしいことだ。

だがその制裁か、水闇ガーネットからのモーニングコールが途絶えてしまったことに、業はひそかに寂しさを感じていた。

かねてから海那《みな》には「無理しなくていい」と伝えてある。

確かにそう伝えたのは自分自身だが、忽然《こつぜん》とその姿がなくなると、とたんに不安を感じてしまうのは勝手がすぎるだろうか。

そういえば——と、業はベッドからよろよろと起き上がり、玄関へ向かう。

もう七時半ということは、普段なら海那がアパートの下で待機して、二度目の挨拶を待機してくれているはずだった。

もし待たせていたら、良心の呵責《かしゃく》を感じる。

もし待っていなかったら——さすがに何かあったのかと心配になる。

ひとまず様子だけでも確認しようと、ふらふらした足取りで玄関まで向かい、ドアノブに手をかける。

　すると、ガチャガチャと音が鳴り始め、直後にはすさまじい勢いで扉が開かれた。

「おはようございま〜すっ‼」

「ぐへっ……」

　ドアという支えを失い、体勢を崩した業は外に向かって倒れた。

「きゃあっ」

　業は盛大に海那へともたれかかる。

「カルゴさん？　どうしたんですか、こんな……」

　海那は業をよろめきながらも支え、そのまま部屋に押し戻してくれた。そして、その着の身着のまま姿を見て、目を白黒させている。

「寝坊した……」

「えっ」海那が業の寝癖頭から足のつま先までを見回す。「珍しいですね」

「最近は寝不足が続いていたんだ」

　業は欠伸《あくび》をかみ殺す。

　海那は何かに気づいたように、口元に手を当てた。

「ごめんなさい。今日はモーニングコールをあえて止《や》めたんです」

「……気にするな。甘えていたおれが悪い」

言いながら、どうして今日は止めたのだろうと、ふとした疑問が湧いた。

けれど、業がそれを追及すれば海那に気を揉《も》ませ、モーニングコールなんていう面倒くさい行為を義務化させてしまうだろうと心配した。

当たり前になったものは、そのありがたみさえも忘れてしまう。

それを近頃、目《ま》の当たりにしたばかりではないか。

業はあんな怠惰で悪辣な人間になりたくない。

「水闇ガーネットにも休息が必要だ。少し休んで自分のペースで――」

言いかけたところ、海那は人差し指を突き立てて業の言葉を遮る。

「ふっふーん」ずいぶんと軽妙で誇らしげなハミングだ。「カルゴさん、実を言うと、水闇ガーネットはもう休んではいられないのですよ」

「どういうことだ?」

「じゃーん!」

海那はiPhoneを業の目の前に突き出した。画面には一通のメール。

「なんだこれ」寝ぼけた声で業は読む。「水闇ガーネット様。このたびは【EDEN三期生メンバー募集オーディション】にご応募頂き……って、これはまさか」

業は顔を上げ、怪訝《けげん》な目を海那に向けた。

海那は胸を張って誇らしげに言う。

「なんとですね、VTuber オーディションに選考通過したのです」

「本気か……」

「こないだの一件で気づきました。VTuber を救うって言ったって個人勢には限界がある、と……。そこでわたしは VTuber オーディションに応募することに決めたんです。今日はこれをサプライズでお知らせしようと思ってモーニングコールを控えてたんです」

それなら事前に相談してくれてもよかったのに、と業は嘆く。

「またろくでもないオーディションじゃないだろうな？」

「いえいえ、ここはかなり信用できる VTuber グループですよ。わたしもさすがに、今回はきっちり調べましたからっ」

業はあらためて海那にメールを見せてもらう。

【EDEN】――楽園を意味するその字面が、海那の新たな門出に福音を鳴らしているかのようだった。

codomo 4G
13:42
82%
合格
おめでとうございます！

あとがき

カルゴとミーナの物語を書いていると、不思議なことにこの作品はいったい誰に向けたものなのか、ということを考えさせられます。

勿論《もちろん》、これを読むあなたの作品になっていてほしいですが、執筆中はどういうわけか、私自身の回顧録《かいころく》を綴《つづ》るような気分に浸《ひた》り、それゆえ制作にあたって一部のかたがたには多大なるご迷惑をおかけしました。僭越《せんえつ》ながら、こうして無事刊行できたことはその関係者ならびに私の〝リスナー〟さんのおかげであることを先に書き添えておきます。

まず感謝を申し上げたいのが、カルゴとミーナが作者の魔の手により、奇妙奇天烈《きみょうきてれつ》な世界に迷い込むのを阻止してくれた担当編集の小林様です。１巻同様、本作の核となるテーマ性〝推しの最期《さいご》をプロデュースする〟という軸で粘り強く作品に向き合っていただき、本当にありがとうございました。

担当イラストレーターのＴｉｖ先生、今回新たに登場したVTuberの個性、設定に込められた背景を詳細に汲《く》み取っていただき、最高の形でアウトプットしていただいたことに厚く感謝を申し上げます。

そして、ここからはネタバレのない制作秘話となります。

実を言うと、私の中で2巻は当初、すれ違う男女のVTuberをカルゴの手腕《しゅわん》で復縁《ふくえん》させるといった、爽《さわ》やかで甘酸《あまず》っぱい青春ストーリーを考えておりました。ネット炎上をきっかけに魂の固い絆《きずな》に気づく、というのもエモいのではないかと思ったのです。

このアイデアは私が某VRSNSで懇意《こんい》にさせていただいている二人、SさんとNさんの腐《くさ》れ縁《えん》について話を伺ったときに考えたもので、無論《むろん》二人には許可を取り、キャラクターのモデルにさせていただきました。しかしながら……ここからは前段の〝ご迷惑〟につながる話ですが、私の筆力不足ゆえ、この二人の関係をうまく物語に昇華《しょうか》できず、あれよあれよという間にキャラクターの位置づけは当初とは真逆のものになりました。

二人には深くお詫《わ》びするとともに、2巻を楽しんでくれることを祈るばかりです。

さて、この真逆とはどういう意味なのか、想像を膨らませていただくと本作は二度美味《おい》しいものになると思います。VTuber界隈《かいわい》にかぎらず、インターネットにはこうした複雑な人間模様《もよう》がごまんと眠っているように感じます。私が作家という立場を活《い》かし、その語り部《べ》になるのもそう悪くない気がしてきた今日この頃。

お付き合いくださった私のリスナーさんに心からの感謝を込めて。それでは。

朝依《あさい》しると

お便りはこちらまで

〒一〇二−八一七七
ファンタジア文庫編集部気付
朝依しると（様）宛
Ｔｉｖ（様）宛

富士見ファンタジア文庫

VTuber《ブイチューバー》のエンディング、
買《か》い取《と》ります。2

令和５年６月20日　初版発行

著者――朝依《あさい》しると

発行者――山下直久
発　行――株式会社KADOKAWA
〒102-8177
東京都千代田区富士見2-13-3
0570-002-301（ナビダイヤル）
印刷所――株式会社暁印刷
製本所――本間製本株式会社

※定価はカバーに表示してあります。
●お問い合わせ
https://www.kadokawa.co.jp/（「お問い合わせ」へお進みください）
※内容によっては、お答えできない場合があります。
※サポートは日本国内のみとさせていただきます。
※Japanese text only

ISBN978-4-04-074978-5 C0193 ◇◇◇

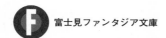

「す、好きです!」「えっ? ススキです!?」。
陰キャ気味な高校生・加島龍斗は、
スクールカースト最上位&憧れの白河月愛に
罰ゲームきっかけで告白することになった。
予想外の「え、だって今わたしフリーだし」という理由で
付き合うことになった二人だが、
龍斗はイケメンサッカー部員に告白される
月愛の後をつけて盗み聞きしてみたり、
月愛は付き合ったばかりの龍斗を
当たり前のように自室に連れ込んでみたり。
付き合う友達も遊びも、何もかも違う2人だが、
日々そのギャップに驚き、受け入れ合い、
そして心を通わせ始める。
読むときっとステキな気分になれるラブストーリー、
大好評でシリーズ展開中!

ありふれた毎日も
全てが愛おしい。

済みなキミと、
ゼロなオレが、
き合いする話。

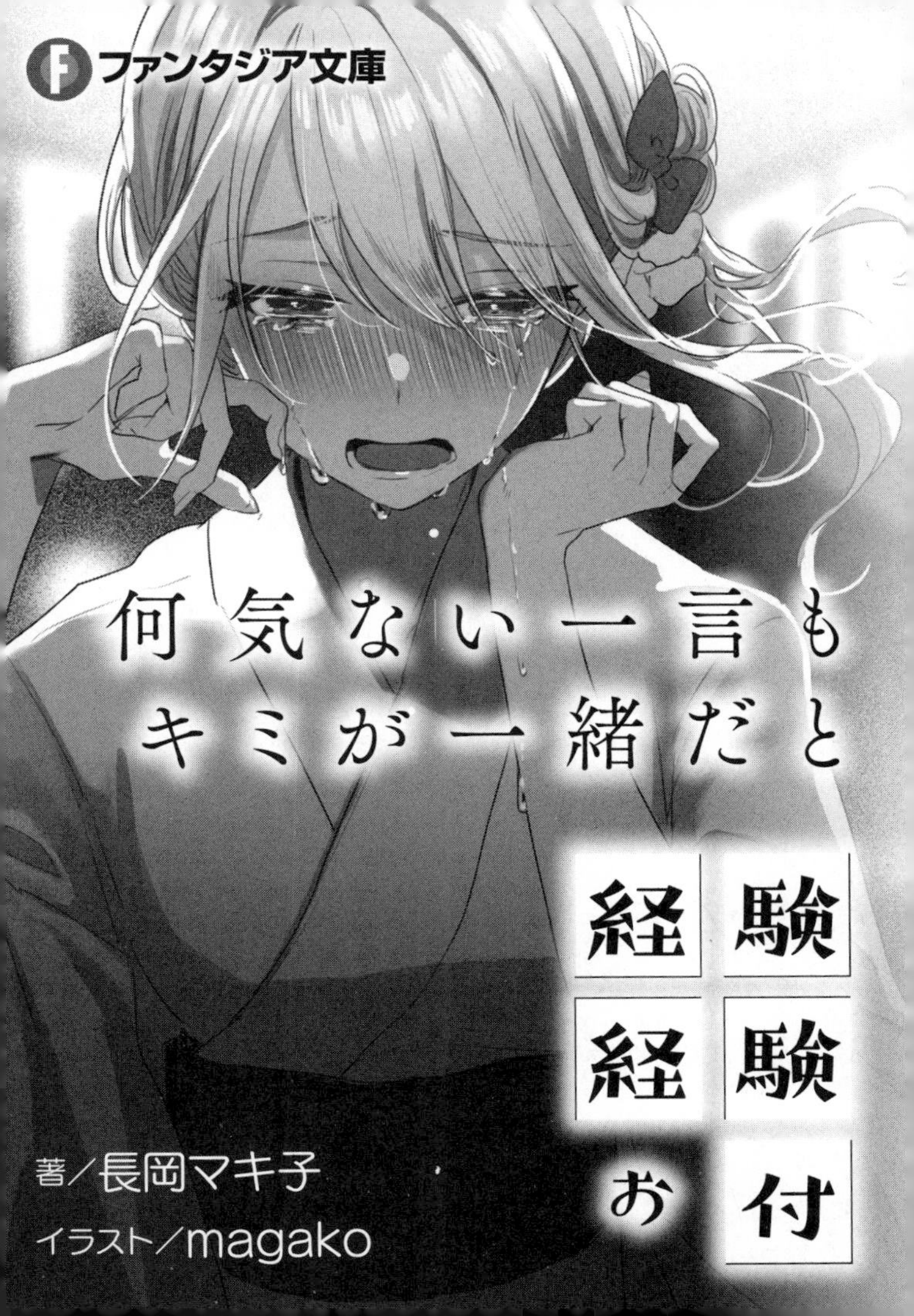
ファンタジア文庫
何気ない一言も
キミが一緒だと
経験
経験
お付
著／長岡マキ子
イラスト／magako